いつまで

畠中恵

新潮社

いつまで

1

長崎屋《ながさきや》に、厄災《やくさい》が迫っていた。

それはある日、西からやってきたのだ。


江戸は通町《とおりちょう》にある長崎屋の離れで、若だんなは、薬を作る為《ため》のからくりを考えていた。

三日前まで熱が出ていたので、若だんなはここ何日か、離れから出してもらえなかった。それで離れに籠《こ》もっていても出来ることを、探していたのだ。

兄《にい》や達や両親は、若だんなが少し働いたら、病《やまい》に取り憑《つ》かれ、直《す》ぐに重くなって、死んでしまうと信じていた。そして若だんなが居《い》なくなったら、江戸が滅《ほろ》んでしまうと言うのだ。

「私一人死んだって、江戸は大丈夫だよ。それより、ずーっと離れに居続けたら、私はその内、離れの畳《たたみ》になってしまいそうだ」

若だんなは兄や達へ、そう訴《うった》えてみたが、やはり表へ出してはくれない。

長崎屋は、祖母のおぎんが人ならぬ者であったため、妖《あやかし》と縁が深かった。よって、己《おのれ》も人ではない兄や達は、病以外の災《わざわ》いも口にしてくる。

「空から、大蛇《だいじゃ》が飛んできたら大変です。鬼が襲って来たら、店表《たなおもて》が危ない。若だんな、離れで遊んでいて下さい」

しかし遊ぼうとしても、碁《ご》の相手をしてくれる妖達は今、離れにいない。付喪神《つくもがみ》の屏風《びょうぶ》のぞきや貧乏神の金次《きんじ》は、何と廻船問屋《かいせんどんや》兼薬種《やくしゅ》問屋、長崎屋で奉公しているのだ。

「いいなぁ、私もせっせと店表で働きたい」

若だんなは仕方なく、長火鉢の傍《かたわ》らで、次の一手を案じた。一人で出来て、しかも、ただの暇つぶしではなく、役に立つ事が出来ないか、真剣に考え始めたのだ。

「さて、そんな都合の良いこと、あるかしら」

すると小鬼《こおに》達が、影から出て来て膝《ひざ》に乗り、あると言い出した。この世には、一番大事な事が、いつも存在するらしい。

「きゅい、若だんな。お菓子《かし》、作って」

「鳴家《やなり》や、離れは台所じゃないから、無理なんだ。でも、もし今日のお八《や》つが大福だったら、火鉢で焼くからね」

「若だんな、鳴家は、お八つまで待てない。お菓子が出てくる、からくり作って」

「おや、そんな面白い事、考えてたのか。鳴家は凄《すご》いね」

若だんなが真剣に褒《ほ》めると、小鬼達は得意げに胸を反《そ》らし、何匹かが膝から転げ落ちた。若だんなはここで、ぽんと手を打つと、離れでも出来る事を思いついた。

「そうか、からくり細工《ざいく》で、店の役に立つ物を作ればいいんだ。うん、面白そう」

若だんなは、長火鉢の横で何度も頷《うなず》くと、ありがとうと、小鬼達の頭を撫《な》でる。すると、鳴家達は金米糖《こんぺいとう》を作る、からくりが良いと言い出し、若だんなを困らせた。

「鳴家や、薬種問屋長崎屋の売り物は、薬なんだ。だから、薬を作る為の、からくりを考えなきゃ」

薬はこの所、益々《ますます》売れていた。名僧の寛朝《かんちょう》様が、広徳寺《こうとくじ》に、薬箱を置いてくれたからだ。

寛朝は、使った分だけ薬代を払う置き薬として、大きな値引きをさせた上で、長崎屋の薬を使い始めていた。長崎屋であれば、妖に効《き》く薬も用意出来るから、ありがたいと言う。妖退治《たいじ》で名の通っている名僧は、一方で、妖らを守ってもいた。

すると、置き薬を真似する寺が、他にも増えてきたのだ。

「でもねえ、薬草を刻《きざ》むにも、小分けにして小さな紙で包むにも、人手が要《い》るんだよ」

店の広さは限られているから、奉公人を、そうは増やせない。長崎屋は、薬を思う程《ほど》作れず、悩んでいる所なのだ。

「からくりの力で、薬作りを楽にしたいな。ああ、これは面白いお題だ」

若だんなは張り切って文机《ふづくえ》の前に座ると、どんなからくりが出来れば嬉《うれ》しいか、紙に書き出す事から始めた。

「例えば薬草を、勝手に刻んでくれる薬研《やげん》。うん、そういうものを作れたら、助かるよね」

「きゅい、若だんな。付喪神になった薬研、探すの？　働いてもらうの？」

器物《きぶつ》は、作られて百年の時を経《へ》ると、付喪神という妖になる事がある。今、薬種問屋長崎屋にいる屏風のぞきのように、付喪神の身でありながら、働くことも出来るのだ。

ただ、若だんなは首を横に振った。

「小鬼や、妖を雇《やと》うんじゃ、からくりとは言えないと思うんだ」

「きゅい？　妖、気が向いたら、よく働く」

小鬼達は、若だんなの膝で寝転がり、自分達は大層な働き者だと言い出した。しかしだ。

「妖じゃない薬研、動かない。薬、刻まない」

どうやって動かすのかと問われ、若だんなは眉間《みけん》に皺《しわ》を寄せた。そして、この難題には、まだ歯が立たないと思い至《いた》る。

「他に、作れるものはないかな？」

今度は、中身が減ったら、長崎屋へ知らせてくれる、置き薬の箱はどうかと考えてみた。すると小鬼が、若だんなを見てくる。

「きゅい、薬、無くなった。お寺、知らせてくれる。寛朝さま、お菓子くれる」

「確かに、寺から知らせが入るね。こまめに、店からお寺へ行くのもいいな。顔つなぎにもなるし」

二つ目の思いつきも諦《あきら》め、更《さら》に一つ考えを出してみた。患者に、どんな薬が効くのか判じる、特別な紙を作るのはどうだろうか。

「からくり紙をなめて、赤くなったら一の薬、青くなったら二の薬だと、分かるとか」

紙が、からくりと言えるかは疑問だが、素晴らしい思いつきだと思う。

「でも……どうやったらそんな紙を作れるのか、そこが分からないよねえ。それに、そんな便利なものが出来るなら、とっくに仁吉《にきち》が作ってると思う」

「きゅい、紙、不味《まず》い」

「きゅべ、不味いの、駄目《だめ》」

欲しいものは沢山《たくさん》思いつくが、なかなか、形になってはくれない。若だんなはそれでも頑張って、新しいからくりを思い浮かべた。細かく刻んだ薬を入れたら、同じ量に分けてくれる仕掛《しか》けは、どうだろうか。

「たとえばお盆に、同じ大きさの穴を開ける。そしてそこから、一定の量を落として分けるとか」

「きゅい？」

しかし丸いお盆では、端《はし》の方から落ちる薬の量が、少なくなってしまいそうだ。

「穴を開けるお盆を、四角くしたらどうかな。こぼれ出る薬を、同じ分量に分けられるかも」

「きゅい、鳴家はお腹減った。四角いお盆、好き。お八つ乗る」

鳴家達は頷くと、何故《なぜ》だか何匹か、どこかへ駆《か》けていった。一方、若だんなは試しに火鉢の上で、お盆の縁から灰を落としてみる。

すると、細かい灰は広がって落ち、まともに分かれてくれない。

「うーん、同じ分量の薬草を、穴から落とすのは難しいね。これも駄目かな」

溜息《ためいき》を漏《も》らした後、それでも諦めずに、庭へ目を向ける。

「そうだ、庭によく置いてある、ししおどしみたいな物で、刻んだ薬草を受ける仕掛けが、作れないかしら」

竹に薬が一定の量入ったら、ししおどしのように跳《は》ねて、一包分を分けるのだ。

「それなら、何とかなるかな。でも大がかりなからくりに、なってしまいそうだ」

若だんなは、値が高いものになるのはまずいと、迷った。

すると、その時だ。離れの畳の上から、小鬼が鳴き声を上げ、若だんなを呼んだ。見るといつの間にか、身の丈《たけ》より大きい、羽子板《はごいた》のような物を引きずっている。

「きゅべ、これ、四角い。お菓子、乗せる盆」

若だんなは、小鬼が持ってきた物を見て、目をしばたたかせる。

「あれま、それ、銭升《ぜにます》だよね？　鳴家や、どこから持ってきたの？」

銭升は、金を簡単に数える為の、道具であった。小さい羽子板のような形で、表には細かい仕《し》切《き》りがつけてある。そこへ、沢山の金を入れると、仕切りに金が引っかかり、幾《いく》らあるのか、一目で分かるというものだ。

鳴家が抱《かか》えているのは二《に》朱金《しゅきん》用の銭升で、八列十段の小さな仕切りに、金粒が八十個入る。つまり全部が埋まると、この銭升一つで十両あると分かるわけだ。

「きゅい、戦利品。屏風のぞきから奪《うば》った」

「ということは……薬種問屋の帳場から、持ってきたんだね」

銭升が無くなったら、店で金を数える時、困る。小鬼を抱き上げた若だんなが、返そうと言って庭へ目を向けると、そこに早くも、恐《こわ》い顔をした屏風のぞきが立っていた。付喪神の奉公人は手に、別の銭升を抱えた鳴家を捕まえていたのだ。

「若だんな、鳴家達が、これに菓子を乗せるんだと言って、銭升を持ち出したぞ。番頭さんに見つかったら、騒《さわ》ぎになるよ」

鳴家達は、人の目には見えない妖なのだ。よって鳴家が運ぶと、銭升だけが勝手に、昼間の店表から、離れへ向かっているように見えてしまう。屛風のぞきは肝を潰《つぶ》し、慌《あわ》てて鳴家を隠したと言うのだ。

大急ぎで、謝ることになった。

「ごめんよ、小鬼が店へ行ったのは、私が悪いんだ。からくりを作ろうとしてたんで」

「からくり？」

これまでの事情を語ると、屛風のぞきは何故だか首を、大きく縦に振った。そして離れに座り、小鬼が銭升を持ち出した訳を、納得したと言ったのだ。

「若だんなが作ろうとしたからくりは、薬草を同じ量、量り分ける物だよな？　つまり、この銭升みたいな形で、薬用のものを作ろうとしてたわけだ」

銭升に似た薬升《くすります》を作ったら、薬を升目に流し入れ、木の板を当てて、逆《さか》さにして出せばいい。同じ量の薬の山が出来るから、それを一つずつ袋へ入れれば、簡単に分ける事が出来るだろう。

「升を何枚も作っておきゃ、どんな薬でも大丈夫、作れるぞ。若だんな、うまいこと考えたね」

使う薬の種類の分、升目をあつらえ、調合が決まっている置き薬用に使えば良い。あっという間に薬ができると、屛風のぞきは続けた。

「このあたしでも、簡単に作れそうだよ。うん、良い案じだ」

若だんなは目を見開き、小鬼が抱いている銭升を見つめた。

「あ、そうか。今あるものを、そういう風に使えばいいんだ。何も、無理して難しいからくりなんか、作る必要はなかったんだ」

ただ銭と薬では、必要な升の大きさが違う。若だんなはこの後、薬が入る升目の大きさを、考えねばならないのだ。

「やることは、それだけで良かったんだ」

「はて？　若だんな、あたしは今、何か変な事、言ったかい？」

屛風のぞきが、戸惑《とまど》うような顔を向けてきたので、若だんなは、妖達は凄いと言って褒めた。そして薬升ができたら、薬種問屋の仕事が幾らか軽くなるから、離れでお祝いをしようと言ったのだ。

「鳴家達にも、たっくさんお菓子を買おうね。うん、お祝いだ」

「きゅい、食べるの好き」

「何だか分からないけど、宴会をするのはいいな。あたしはここんとこ、みかんが好きさ。金次は、羊羹《ようかん》を欲しがると思うよ」

若だんなは笑顔で頷いた。そして一つ息を吐き、働いて役に立つ事は本当に大変だと、妖達へ、しみじみ言ったのだ。

「若だんな、何が大変だったんだい？　上手《うま》くいったばかりじゃないか」

小鬼と付喪神は、揃《そろ》って首を傾《かし》げた。

2

若だんなが仁吉に、薬升のことを相談すると、熱冷ましと、腹薬を作る為の升が、早々に作られた。

だが、それを長崎屋の店表で使う前に、仁吉は離れで、若だんなと屏風のぞきへ話をした。作った薬升を前に置き、この升は、それは慎重に扱わなければならない、大事な物だと告げたのだ。

「この薬升が一組あれば、長崎屋で売っている薬と同じ物が、沢山、簡単に作れますから」

つまり薬升を奪われたら、薬の処方を盗まれるのと、同じ事になってしまうと言う。

「ですからこの薬升は、若だんなと、この仁吉、それに屏風のぞきだけが扱うこととします」

長崎屋の身内以外が、手にしては駄目だと言われ、屏風のぞきは一寸、顔を赤らめた。そして何度も頷くと、自分は確かに長崎屋の身内だと、嬉しげに言ったのだ。

「分かったよ。つまりこの薬升を使う日は、仁吉さんから預かって、使い終えたら、仁吉さんへ返せばいいんだね。他の奉公人達に、預けちゃいけないんだ」

厠《かわや》へ行ったり、他の用が出来て、薬升を預かれなくなった時は、仁吉や佐助《さすけ》、若だんなへ渡すのだ。万一、誰も居なかった場合は、そっと影の内へ隠してくれと仁吉は口にした。

「ははあ、影が使えるから、妖のあたしに、預けることにしたんだね。なら、金次に預けてもいいよな？　うん、承知した」

自分が、思いがけない程、大事なものを作ってしまったと知り、若だんなは一寸、不安を口にした。だが仁吉は笑って、薬の配合法をまとめたものは、既《すで》に、長崎屋にあると言ってくる。

「長崎屋の薬帳です。ええ、大事にしまってあります」

表向き帳面は、藤兵衛《とうべえ》が預かっている。つまり薬帳は、蔵にある箱に納《おさ》められているのだ。

「そしてその箱は、妖の影に繋《つな》がっておりまして。開けても勝手に、薬帳は取り出せません。賊《ぞく》でも動かせないし、盗めないんですよ」

蔵の箱は、薬種問屋長崎屋の先代の妻で、大妖皮衣《かわごろも》であるおぎんが、長崎屋を守る為、特別に作らせたものだ。よって深い影と繋がり、下手《へた》をしたら、中から奈落《ならく》へ落ちかねない代物《しろもの》なので、今は、仁吉が預かっているという。

「薬種問屋に、妖がもう一人関わっていたのは、都合の良い話です。屛風のぞき、お前さんも影の内へ出し入れ出来るよう、やり方を承知しておいてくれ」

普段はその箱に、薬升も入れておくという。付喪神は、珍しくも神妙な顔つきになった。

「大丈夫、ちゃんとやるから」

若だんなは屛風のぞきに、頼りにしていると言い、笑った。そして明日は皆でゆっくり、薬升が出来た祝いをしようと、ご馳走《ちそう》を用意する事にしたのだ。


若だんなは薬升の祝いの席に、山ほどのお菓子と、みかんを用意した。小鬼と付喪神が、薬升を作るのに、手柄を立てたからだ。

そして仁吉の好きな、海の物を入れた鍋や、皆が好きなものを作り、まずは酒杯《しゅはい》を手にした。

宴席が開かれた訳を、さっぱり分かっていない妖者もいたが、それはご愛敬《あいきょう》というものであった。

妖達は、楽しく食べ始めたのだが、中に一人、半泣きでご飯をかき込んでいる者がいた。おしろが鍋から具をたっぷりよそって渡し、どうしたのかと問うと、久方ぶりに芋《いも》以外にありついたと、妖医者の火幻《かげん》が話してきた。

「この味噌《みそ》鍋、涙が出るほど美味いね」

「おや、火幻先生は、江戸の暮らしにも、慣れてきたと思うのに。ご飯を食べてないの？」

若だんなが驚いて問うと、火幻は向かいで、溜息《ためいき》を漏らした。

「おれは今、長崎屋の持ち家、二階屋を借りてるだろ？　広い家を一人で使えて、ありがたいと思ってるよ」

そのおかげで、火幻は家でも、患者を診《み》る事が出来るからだ。ただ、妖が一人暮らしを始めたからか、思わぬ事も起きていた。

「二階屋に、妖達が集まってきてるんだ。西国からきた妖達だ。何故、おれの家へ来たんだろう」

目当ては雨に濡《ぬ》れない部屋と、食い物かなと、火幻は言う。二階屋に置いてある食い物は、妖達に食い尽くされた。味噌や米を買っておいても、火幻が往診から帰った頃には、残っていないのだ。

「あれま」

「きゅげーっ」

しかし、うんざりして、何も台所に置かないでいると、妖達は夜中に騒ぎ、火幻を寝かせてくれない。

「実はここんところ、二階屋へ帰るのが怖いんだ。腹が減る上、眠れない」

それで火幻は、一軒家に泊めて貰ったり、離れの隅《すみ》で寝たり、夜の居場所を変えていた。だが、ずっと二階屋を留守《るす》には出来ず、この困り事をどうしたらいいか、相談したいという。

「一軒家に置いて貰《もら》って、あの家には他の妖が、押しかけて来てないと分かった。でもさ、どうしてだ？　金次さん、おしろさん、場久《ばきゅう》さんの三人だって、妖だよな。今日は、その訳を聞こうと思ってたんだ」

途端《とたん》、屏風のぞき達が笑い出した。

「貧乏神でも、神様は神様だ。金次のいる家で勝手をする馬鹿は、余りいないぞ」

もちろん、おしろの猫又《ねこまた》仲間は、時々一軒家へ行く。だが猫又達には、きちんと決まり事があるようで、一軒家の皆を、困らせたりしないのだ。

「場久だって、実は、悪夢を食う獏《ばく》だからな。夢を扱うあいつは、見かけよりも、ずっと厄介《やっかい》な奴なんだ。皆、よく分かってる」

つまり。

「金次達は一軒家で、困っちゃいない。ゆっくり暮らしてるのさ」

金次がにたりと笑い、皆が頷いている。すると鈴彦姫《すずひこひめ》が、火幻へ玉子焼きを差し出し、慰《なぐさ》めた。

「でも、その答えでは、火幻さんが救われません。二階屋で平穏に暮らす為には、どうしたらいいのか、皆で考えればいいと思います」

火幻がほっとした顔になり、二階屋へ入りこんでいる妖の名を、鍋の傍らであげてゆく。長崎屋では聞き慣れない名もあって、離れに居た皆は、目をしばたたかせた。

「まずは人魂《ひとだま》だ。部屋でふらふら浮いている事が、良くあるんだ」

「きょげーっ」

顔がないのだから、飯を食いたい訳でもあるまいに、何故家に入りたがるのか、火幻には分からないと言う。

そうかと思うと、木魚達磨《もくぎょだるま》が転がっており、退《ど》かそうと手を掛けたところ、大きな目が現れ、ぎろりと睨《にら》まれる。

骸骨《がいこつ》が山と現れる日もあれば、くちばしを生やした人の顔が、蛇の胴体を持ち、部屋を飛んでいたのを、見た事もあるらしい。

「おや、それは以津真天《いつまで》という怪鳥ですね。飛びつつ、〝いつまで〟と、鳴くそうです」

聞きたくないような鳴き声らしいと、万物《ばんぶつ》に明るい仁吉が伝えてくる。

「寝ていたら夜中に、鬼に蹴飛ばされた事もあったよ。当人が、己は元興寺《がごぜ》だと名乗ってた」

「それは大和《やまと》の鬼です。何と、江戸へ顔を出していたんですか」

元興寺《がんごうじ》という寺の、鐘楼《しょうろう》に住んでいる鬼だという。恐い鬼との話を聞くが、出会ってよく無事であったと、仁吉は火幻を見た。

「寿命の無い妖が、消える訳の一つに、妖同士の揉《も》め事があるんですよ」

まあ妖ならば、影内へ逃げるくらいは出来るだろうから、心配は要らなかろうと続けた。火幻は、眉尻《まゆじり》を下げてしまう。

「剣呑《けんのん》な事を言わないでくれよ。元興寺《がごぜ》は二階屋に、居着いてるんだ」

火幻は、万物を承知している仁吉に、元興寺の退け方を教えて欲しいと願った。すると仁吉が、二階には人魂も蛇もいるから、元興寺一人を祓《はら》っても仕方なかろうと言ったので、半泣きの顔になって落ち込んでいる。

いざとなったら、場久の夢の中へ逃げろと言い、皆が苦笑を浮かべた。

「おいおい、家を保つのは、そんなに難しい事じゃ、ない筈《はず》なんだけどね」

屏風のぞきが、まずは二階屋でのさばる妖達に、無茶を止めるよう伝えろと言う。だが、どう持ちかけるか話し出した時、不意に佐助が眉を顰《ひそ》めると、若だんなへ、大急ぎで声を掛けてきた。

「若だんな、どうかしましたか？　先ほどから全く話しません。熱でも出たのですか？」

いつもなら妖の難儀を心配して、真っ先に考えを伝えるのにと、兄やは言ったのだ。布団《ふとん》へ放り込まれかねないので、若だんなは慌てて病ではないと言い、首を横に振る。そしてその後、部屋内を見回した。

「あの、火幻先生、話し合いを止める事になって、ごめんね」

今日は、今、話に出た場久が、まだ離れへ来ていなかった。そして、西の妖が江戸へ来ている上、寿命の無い妖が消える訳の一つに、妖同士の揉め事があると、仁吉が言った。それで若だんなは、場久が気になってしまったのだ。

「今日は、寄席《よせ》に出ていて遅くなるの？」

場久は、己が食った怖い夢を語る、噺家《はなしか》であった。すると、おしろが首を傾げる。

「そういえば来てませんね。でも朝ご飯を食べた時は、遅くなるなんて言ってませんでしたけど」

妖には、ふらふらと風のように暮らす者も多いから、暫《しばら》く現れない者がいても、皆、気にしない。だが。

「場久は寄席で仕事をしてるせいか、きちんとしてますよね。知らせもなく、宴会に来ないのは珍しいわ。どうしたんでしょう」

おしろが戸惑うと、火幻が蒲鉾《かまぼこ》を手に、思わぬ事を話し始めた。

「おれは今日、往診の後で、場久さんが出てる寄席へ寄ったんだ。次の約束まで、少し間があったんで」

出番待ちで暇なら、場久が悩み事を聞いてくれるかも知れないと、思ったという。ところが。

「場久さん、今日は休んでるって、寄席で言われたよ」

何故来ないのか、寄席の者が、一軒家へ見に行ったと聞いた。だが、家には誰も居なかったらしい。

「寄席の人は、人気の噺家が来なかったんで、困ってたよ」

すると、おしろと金次が驚いた。

「場久が突然怠《なま》けて、寄席へ行かなかったって言うんですか？」

「おいおい。そんなこと、考えられないよな」

まだ、長崎屋へ来て日の浅い火幻が、その言葉に戸惑っていると、若だんなが事情を話した。

「場久はね、そりゃ、噺をするのが好きなんだ。ううん、噺をしないでいると、食べた悪夢が身の内に溜まって、やっていけないんだよ」

だから場久は、噺を語る寄席を、それは大事にしている。寄席の主《あるじ》を困らせる勝手など、今までした事はなかった。

「一体、どうしたんだろう。場久は宴席も好きなのに」

すると仁吉が屛風のぞきへ目を向け、付喪神は頷くと、突然影へ消えた。

「きゅい、どこ、行った？」

そして、小鬼達が首を傾げている間に、屛風のぞきは素早く離れへ戻ってきたのだ。

「一軒家を確かめてきた。場久は帰ってない。妖なんだ。どこか出先で具合《ぐあい》を悪くして、帰れないってこともなかろう」

となると、だ。場久の居場所を、思い付かないという。

「場久は日中、寄席か長崎屋か、一軒家にいる事が多いよな」

そして今は夕餉《ゆうげ》時で、獏が悪夢を食べに、夢の内へ行くには早い。さりとて、店や寺社へ寄るには遅い刻限であった。

「場久、どうしちゃったの？」

心配になった若だんなが問うても、妖達は返す言葉を見つけられない。よって若だんなはまず、困っている火幻と向き合った。

「場久が、行方《ゆくえ》知れずと分かった」

よって居どころを、長崎屋の皆は、急いで探さなければならないのだ。

「だから悪いけど、火幻先生の困りごとに、直ぐには手を貸せないんだ。でね」

火幻は暫く、一軒家で寝泊まりして欲しいと、若だんなは告げたのだ。

「それで当面、何とか過ごせるよね？」

一軒家の面々に、了解を取りもせずに言ったから、火幻は驚いた。それで二人に、構わないか問うた所、おしろ達はあっさり頷く。

「時々泊まるか、長く居るかの違いだけですね。一軒家だったら、夜も良く眠れますよ」

「ひゃひゃっ、火幻先生の二階屋へ押しかけてる妖達、その内、一軒家へも来るかねえ」

来ても困らない顔で、金次は笑っている。一方兄や達は、若だんなが場久を案じる余り、病になったら大事だと、まずはそこを気にした。よって妖達に、びしりと言ったのだ。

「さっさと、場久を探し出すように」

妖達は表へ出る前に、大急ぎでご馳走を、口に突っ込んだ。

3

「探したのに、場久が見つからないぞ。何でだ？」

長崎屋縁《ゆかり》の妖達が、一斉に動いたというのに、場久の行方は分からなかった。翌日になっても、三日経っても、悪夢を食う獏は、姿を見せなかったのだ。

場久が行方知れずになってから七日目、小鬼達の何匹かが、不安になって鳴きだし、皆は長崎屋の離れに集まると、心配を口にする。妖達は七日も見つからない事に、さすがに驚いていた。

「場久さんに、何が起きたんだろ？　無事でいるんだろうか」

「きゅい、無事じゃなかったら、どうなってるの？」

「きゅべ、きっとご飯、食べてない」

鳴家が鳴き、他の妖達も、違うとは言わなかった。何しろ宴会の日以来、場久は、寄席にすら行っていないのだ。

もっとも仕事の方は大丈夫、不義理にはなっていないと、火幻がここで言った。

「寄席の主達へ、場久は麻疹《はしか》に罹《かか》ったと伝えておきました」

麻疹は、それはうつりやすい病だから、当分、人に会うのは無理だ。場久は一軒家へ籠もっている事にしたのだ。

「居なくなった日の朝、場久は、何も言ってなかったんだろ？　つまりさ、自分から消えた訳じゃ、ないと思うぞ」

屛風のぞきが言い、皆が頷く。ただ、その後、話はなかなか進まないのだ。

「場久は誰か、大物の妖の夢を食べてしまって、勝手をするなと、山奥にでも連れて行かれたのかも知れん。それとも、川にでも落とされて、流れて行っちまったのかも」

おしろは屛風のぞきの考えを知り、不安になったので、化《ば》け狐《ぎつね》達に頼み、王子《おうじ》の稲荷《いなり》神社を通して、天狗《てんぐ》に会ってみたと話し出した。

「六日ほど前に、山奥へ連れて行かれた妖がいないか、聞いたんです。天狗の六鬼坊《ろっきぼう》さん達、親切に探してくれました」

しかし天狗達は山で、場久を見つけられなかった。

「川は、私、鈴彦姫が調べておきました」

河童《かっぱ》に頼んだのだ。ただ。

「禰々子《ねねこ》大親分の一の子分、杉戸《すぎと》さんから、妖の土左衛門《どざえもん》は見ていないと、ご返事を頂きました」

つまり場久は、溺《おぼ》れていないわけだ。ならば、どこへ消えたのか。話が、またも進まなくなったその時、最初に口を開いたのは……何と、ずっと離れにいた、若だんなであった。

妖の皆をゆっくりと見てから、若だんなは語り出した。

「あのね、他にも一カ所、場久がいつもいる所が、あると思うんだ。そのね」

それは……悪夢の中であった。いや並の夢でも、場久は夢内であれば入っていける。

「場久は昼間も、夢の内にいるのかも」

だが若だんなの言葉を聞くと、妖達は呆然《ぼうぜん》とした。

「えっ、つまり若だんなは、場久が夢の内から、帰れなくなってると言うんですか？」

鈴彦姫が戸惑い、屏風のぞきが、両の腕を組む。

「場久にとって、夢内は、自分の家のようなもんだ。そこから帰れないってことは、若だんな、何が起きたって言うんだい？」

だがここで、仁吉が口を挟んだ。

「ああ、今まで考えてもみませんでしたが、確かにそういう事も、あるかも知れません」

「きゅべっ？」

「若だんなは、気がついたんですね。夢には場久の他に、もう一人、場を支配する者がいます」

つまり夢の内は、場久一人が仕切っている場では、ないのだ。

「きゅい、恐い人、いるの？　どこ？」

恐れる小鬼に、佐助が短く告げた。

「夢を見ている、当人の事だな」

仁吉が深く頷く。

「人なら、場久が好む悪夢を、見たくて見ている訳ではないでしょう。そして恐い夢を仕切るなど、己では出来ないと思います」

だが、その夢を見ているのが、人以外の者だったとしたら。例えば妖が、己の悪夢を食いに、獏が入って来た事を察知した場合、話は変わるかもしれない。夢は夜見るもの、暗く深く、妖の使う影とも、繋がっていそうであった。

「夢内で場久を捕まえる事くらい、出来る輩《やから》がいるかも知れません」

おしろが、声を震わせた。

「えっ？　獏は悪夢を食べてくれる、ありがたい妖です。無理に夢内に留めて、どうしようっていうんでしょう」

悪夢まで、ずっと自分の内に、留まってしまいそうだと、猫又は言ったのだ。

「それでも構わないような奴が、この江戸に現れたって事ですか？　それで場久さんは、そいつに捕まっちまったんですか？」

妖達がざわめき、小鬼は鳴きつつ、離れの内を走り回り、じき、若だんなの袖内に逃げ込んできた。若だんなが困った顔になる。

「仮にその話が、本当だったとして。場久が、どうやれば戻って来られるか、思い付く妖は、いる？」

問うてみたが、返事が来ない。そして、本当に夢の内に場久が捕らわれているとしたら、事は酷《ひど》く危うかった。

「私には、場久が夢内のどこに居るのかすら、分からないんだもの。本当に、誰かに捕らわれたとしたら、まずは、探さなきゃいけない。でもどうやって、場久の居る所を突き止めればいいか、考えつかないんだよ」

夢に詳しいのは、居なくなってしまった当人の、場久なのだ。その頼りの妖が消えてしまっていた。

「ああ、からくりの事と言い、私はここのところ、冴《さ》えないな。役に立たないよ」

ここで金次と鈴彦姫が、急ぎ若だんなへ言葉を向けてくる。

「若だんな、夢なら、我らも毎晩見ているぜ。関わりが持てない訳じゃ、ないってもんだ」

「そうですよ、若だんな。夜になったら私達、夢内で場久さんを探してみましょう」

ただそうなると、問題もあった。一人で探しに行って、もし夢内で、剣呑な者に出会ってしまったらと、鈴彦姫が悩む。

「私勝てるでしょうか。そいつは、悪夢を食う獏、場久さんを、行方知れずにした相手かもしれません。恐いです」

すると佐助が間髪《かんはつ》容れず、若だんなは夢内へ場久を、探しに行ってはいけないと言った。

「こればかりは、文句を言わずに聞いて頂きます。何故かと言うと、ですね」

佐助は、容赦なく続ける。

「人である若だんなでは、場久の敵に、夢内で勝てるとは思えないからです」

「きゅい、きゅい」

「佐助、その通りだとは思うよ。だけどね」

若だんなは、夜になれば寝るし、夢を見る。そして今、若だんなは場久の行方を気にしているのだ。

「夢内での行いは、自分じゃ決められないもの。場久探しは禁止と言われても、今回ばかりは無理だよ」

若だんなの言葉を聞き、佐助と仁吉は眉間に皺を寄せたが、黙って頷いている。若だんなは更に、言葉を重ねた。

「そしてね、場久がいなかったら、私は夢の中で、仁吉や佐助に会うことだって難しいんじゃないかな。知り合いと、思うままに話せる夢なんて、今まで見た事がないもの」

もし小鬼を懐《ふところ》に入れておいたら、一緒の夢を見られるのだろうか。若だんながそう言うと、鳴家達が三匹ほど、懐に飛び込んできた。

「きゅい、鳴家は勇敢。場久と遊びにゆく」

若だんなが一つ息を吐くと、おしろが、優しく言った。

「とにかく毎日夢の内で、場久さんを探しましょう」

危ない何者かがいるかもしれないので、その時は影の内にでも入って、逃げるのだ。ただ鈴彦姫は、真剣に悩んだ。

「おしろさん、夢の内でも、影に入れるものですか？」

「あら……さあ？」

とにかく毎日離れに集《つど》い、前日の夢を知らせる事になる。若だんなは夕餉を出すと妖達に約束し、皆、それを楽しみに、昼寝もして、場久を探してみる事に決まった。
離れから帰る時、金次達が、何ともほっとした顔の火幻も一軒家へ連れ帰った。

4

火幻は次の日の昼間、往診の合間を見つけて、一旦《いったん》、二階屋へ戻った。一軒家へ持っていく物を風呂敷《ふろしき》に包み、当分留守にする二階屋を、掃除しておきたいと思ったからだ。

妖達が勝手に居座ってから、部屋は掃除が行き届いていない。火幻は、近くの井戸から水を汲《く》むと、台所の瓶《かめ》に溜め、箒《ほうき》を使い始めた。

「しかし、大変な事になった。場久さんがこんなに長く、行方知れずのままでいるとは、思ってもなかったよ」

火幻は掃除の間に、時々、溜息と独り言を挟んだ。

「おれが寄席の主達に、場久さんが病になったと言ってから、大分経ってる。麻疹、そろそろ治《なお》ったことにしないと、まずいよな」

いざとなったら、場久は湯治《とうじ》に出たことにしようと、離れから帰る前に、若だんなが言っていた。確かにそう決めれば、寄席から消えた事は、当分ごまかせるかも知れない。だが、しかし。

「そもそもどうして場久さんは、居なくなったんだ？　あの妖は穏《おだ》やかで、寄席の客にも人気が出てた。悪夢の中でも、誰かとぶつかるとは思えないんだが」

首を振りつつ、今度は雑巾《ぞうきん》で畳を拭き始めた時、火幻はふと手を止めた。

「あれ？　今日は畳、大して汚れてないみたいだ」

前は、勝手に開けられた窓から木の葉が舞い込み、泥の付いた足跡が畳に残っていた。訪ねてきた患者に、部屋内を見られるのが、恐いくらいだったのだ。

ところが今日は、塵《ちり》一つ残っていない。

「はて、おれが逃げだしたせいかな。食べ物が尽きたんで、妖達は余所《よそ》へ行ったんだろうか」

火幻は少し、ほっとした顔になった。長崎屋の皆には、この家の騒ぎで心配を掛けている。丁度、場久の件と重なってしまい、申し訳なく思っていたのだ。

「場久さんが大変な時なのに、皆、ちゃんとおれの事も、心配してくれた。有り難かったなぁ。若だんなも妖達も、一人で何とかしろとは言わなかったんだ」

もっとも若だんなが、火幻を一軒家へ託《たく》したのには驚いた。そして当たり前のように、金次達がそれを承知したのにも、目を見張った。

火幻は妖だ。死にはしないと笑われても、驚かなかったのに。

「おれはいつの間にか、仲間になってたのかな。うん、少なくともおれは、心配してもらってるぞ」

火幻は西国にずっとおり、江戸へ流れて来た訳は何だったのか、何故だか思い出せない。そして江戸に来ると、長崎屋に妖が集っていたので、そこに引き寄せられた。人の間に交じって暮らす事になったのは、たまたまのことだ。

「薬の事を承知してたんで、医者を名乗った事が良かったのかね」

火幻は、おしろが見たら怒りそうなほど、強くごしごしと畳を拭き、何度か頷く。

「おれはこの江戸に、落ち着きそうだ。そんな気がするよ」

西では、風に吹かれているような毎日が、ただ続いていたと思う。なのになぜ、江戸へ着いて間も無い今、ここが居場所だと思うのか。火幻は一寸、首を傾げた。

己も、長崎屋の皆も妖だ。そして西国でも、周りに妖者は多くいたと思う。ただ。

「そうだね、西に若だんなは、いなかったな。ここには長崎屋があるからかね」

とにかく、自分はもう、長崎屋の縁者なのだ。江戸者なのだ。だから今夜もまた、夢内でせっせと場久を探しに行かなくてはと、火幻はつぶやく。場久は大事な、新しい仲間であった。

「二階も拭いてから、早めに往診に行こう。そして、金次さんの好きな羊羹を買って、一軒家へ帰るんだ」

夕餉時に一軒家の二人と、場久の探し方など、もう一度話をしなくてはならない。火幻は深く頷き、二階へ続く急な階段へ目を向けた。

すると、その時だ。

「あ、れ？」

畳の上で足を止め、そのまま動けなくなった。階段しか見ていないのに、火幻は強い眼差《まなざ》しを、総身《そうしん》に感じた。

「二階に、誰かいる」

雑巾を持って、せっせと掃除をしている火幻を、上から見下ろしていたのだ。何やら恐ろしい気配が、人では無い事を告《つ》げていた。

「誰だ？」

この二階屋に、妖が入り込む事など、珍しくはない。なのに火幻は、気配を感じた途端、自分でも驚く程、緊張してきた。

「おい、返事くらいしろよ。この家は、おれが借りてるんだぞ」

とにかく二階に言葉を向けた。すると答えの代わりに、相手は影内に隠れもせず、あっさり姿を現してきたのだ。

「おや」

降りてきた者は、既に以前から二階屋へ入りこんでいた、顔見知りであった。

「〝以津真天《いつまで》〟か。お前さん、この屋に残ってたのか」

不思議なほど他の妖達が姿を消した二階屋に、一人でいた妖を見て、火幻は眉根《まゆね》を寄せる。ただ、一人と言っても、化ける事が出来ないのか、以津真天は人の姿になっていない。顔は人のものだが、くちばしを生やしており、蛇の胴体からは羽根が生え、飛んで畳の間へ降りてきた。

「影内にも入らず、日中からその姿で現れるのか。度胸がいいな。大丈夫なのか」

明るい部屋の内では、奇怪な姿がまる見えで、医者の家を誰かが突然訪ねてきたら、騒ぎになるだろう。火幻が戸惑っていると、何故だか以津真天は、くちばしが裂けると思うほど、大きく笑った。

「ははは。火前坊《かぜんぼう》よ、お前さん、相変わらずだな。江戸では火幻と名を変えても、西国にいた時と同じだ。正しいが腹の立つ事を言って、他の妖達を、嫌ぁな気持ちにさせる奴だ」

「は、はあ？　どういう事だ？」

火幻は思わず、声をあげてしまった。

以津真天は、西の妖達に名を知られた者であった。鎌倉幕府が倒された翌年、都で狩《か》られた以津真天がいたと、火幻は耳にしていた。

ただ江戸とは縁の薄い妖で、長崎屋でその名を口にしても、妖達はどんな者なのか、仁吉に教えて貰わねばならなかった。火前坊と呼ばれていた火幻の事など、江戸では知られていないのと同じだ。

火幻は、恐ろしき姿の妖へ声を掛けた。

「以津真天よぉ、この火幻が、好きじゃないようだね」

だが、それなら何故、火幻がいる長崎屋の持ち家へ、顔を出したのだろうか。

「そもそもどうして、江戸へ来たんだ？　たまたま同じ頃、東へ来て、おれの家に入り込んだと言われても、納得出来ないね」

妖は、長く長く生き続ける者であった。そして、多くは同じ地で暮らし続ける。火幻のように、居場所を移る妖の方が珍しいのだ。

なのに今回、火幻が借りた二階屋へ、西国から妖達が集まってきた。

「何か、妙《みょう》だよね」

以津真天がまた、声を立てて笑った。そして、間違えようもないほどはっきりと、火幻へ告げたのだ。

「私がここへ来た訳か。火幻、そりゃ、お前さんが気に食わないからだな」

「……は？」

火幻は、一寸魂消《たまげ》、大急ぎで来《こ》し方《かた》を思い返してみた。火幻と以津真天には、どう考えても縁などない。そもそも火幻がいた西の地では、長崎屋の妖達のように、集って親しくなる妖など、とんと見かけなかった。

いや河童や猫又なら、同族で集う事もあろうが、その面々とも縁がない。

「そんな事を言われる程、おれとお前は、関わってないよな？」

友ではなく、西で揉めた事もない。そんな輩であったから、以津真天が二階屋へ現れた時、火幻は、用心すらしなかった。

「妖なんて西国にも江戸にも、いや日の本中に、ごまんといるじゃないか。どうして、わざわざ、縁の無いおれを厭《いと》う？」

気持ちも事情も分からないと、火幻ははっきり言い切った。するとくちばしのある顔が、火幻の方へ突き出されてくる。

一言、鳴いた。

「いつまでっ」

それは、己の名を告げているかのようでもあり、また、いつまでこんなことが……と、何かを嘆《なげ》いているかのようでもあった。

昔狩られた以津真天は、西で、その鳴き声の禍々《まがまが》しさ故に、忌《い》み嫌われたと言われている。

「何が、いつまで、なんだ？」

問うたが、目の前の怪鳥は、答えを返さない。その代わり、思いもかけない一言を、火幻へ告げてきた。

「火前坊、お前さんのせいだ」

「だから、何が、だ？」

「あの、場久という獏が、災難に遭《あ》ったのは、お前がここにいるからさ。ああ、気の毒な獏だな。お前と出会ったのが災いになった」

「えっ？」

以津真天と場久とて、縁があったとも思えない。だが獏の名が、突然二階屋で語られ、しかも己の事と、絡《から》めて言われたのだ。

火幻は寸の間、訳が分からず、ただ、畳に立ち尽くしていた。

5

ぎゃああっと、昼間の通町に、とんでもない、声のような大音が響いた。

その音を耳にしてしまった人々は、皆、鳥肌を立て、上を下への騒ぎになった。

何しろ江戸の世には、起きた事を、直ぐに、正しく伝えてくれるような、便利なものはない。そして怪しい事を確かめずにおくと、大火に巻き込まれたり、町に迷い込んだ獣《けもの》に出会い、大怪我をしたりしかねなかった。

噂話《うわさ》を摑《つか》むことは、命に関わる大事な事なのだ。

長崎屋でも大音が響き渡ると、仁吉と佐助が直ぐに離れに来て、まずは若だんなの無事を確かめた。その後、店からは小僧頭を表へやり、離れからは、妖を影内へ入れ、事情を摑ませにかかった。

正しい話を摑み、直ぐに戻ってきたのは、離れで若だんなに昼餉を作っていた、おしろであった。

「大変です。あの大音ですが、何と長崎屋が貸している、火幻さんの二階屋から聞こえてます」

「何が起きてるんだ？」

おしろは兄や達と若だんなへ、火幻が、見た事の無い妖と戦っていた事を告げる。

「相手も妖です。蛇みたいな体でしたけど、くちばしのある人の顔をしてました。あれ、前に仁吉さんが言っていた、以津真天なのかも知れません」

真昼だというのに、火幻も以津真天も、妖が持つ力を目一杯使い、暴れているように思えたという。ただ、おしろは影から二階屋へ入り、その様子を確かめている。つまり、他の妖を退ける余裕の無い火幻達は、兄や達ほど強い妖では無いのだろう。

「どうしましょう、二階屋の辺りに、人が集まってきてます。以津真天の姿を見られたら、それだけで大騒ぎになりますよ」

二階屋は、長崎屋が火幻へ貸している家だから、そうなると、若だんなも巻き込まれかねない。仁吉が、黒目を針《はり》のように細くした。

「火幻の阿呆《あほう》が。何を始めたんだ」

ここで、金次や屛風のぞきも離れに現れ、では止めようかと、兄や達へ言ってくる。

「あれ、止める方法、分かるの？」

若だんなが問うと、火幻相手ならやり方はあると、貧乏神達が笑った。

「ひゃひゃっ、要するに、大きな影を二階屋に作って、戦ってる二人を、その中へ落としゃいいんだ」

　そうすれば以津真天の恐ろしき姿は、とりあえず、人目に入らなくなる。

「まあ、二人とも妖だから、影内に入ったら、どこかへ逃げちまうかも知れないがね。佐助さん、とにかく、周りの人達の目からは隠せるよ」

「直ぐにあの二人を、影へ落としてくれ」

「四方に長崎屋の妖が立って、部屋の畳を全部、影に変えちまおうか。そうすりゃ、嫌でも部屋内の者は、影に落ちるから」

　そう言うと、金次や屛風のぞき、おしろは、鈴彦姫も呼び、存外楽しそうに二階屋へ向かった。あっという間に勝負が付いたようで、直ぐに大音は消えたのだ。

　若だんなは離れで頷くと、辺りに響いた大音を、何と言い訳するか案じる。

「猪《いのしし》が子連れで、二階屋へ迷い込んだ事にしようか。出られなくなって、大声を上げたことにすれば、近所の人達も納得するかも」

　落ち着いて考えれば、以津真天の鳴き声と、猪たちの声とはかなり違うだろうと分かる。しかも猪の家族など、誰も見てはいなかった。

　ただ……何も分からず不安で居るより、猪だと言い切った方が皆落ち着くだろうと、若だんなは言ったのだ。二階屋からの声で心配をかけたから、近所の大家達へ団子《だんご》代でも預けようと、若だんなは付け加えた。

「皆の興味は、団子に移るかも」

「若だんな、さすがのお考えです」

仁吉が承知すると、猪の家族を騙《かた》る為、守狐《もりぎつね》達が銭を持って表へ出て行った。

「これで、騒ぎは収《おさ》まるかしら」

若だんな達はほっとしたが、その後、離れへ帰ってきた金次達は、渋い顔をしていた。

「若だんな、長屋《ながや》の皆は、大きな鳴き声が消えたんで、安心してたよ」

しかし、問題も残った。

「二階屋の一部屋を影に変えたら、火幻先生も以津真天も中へ落ちたんだ。だけどさ」

後で探しても、影の内で二人の姿を見つける事は出来なかったと、金次が言う。

「以津真天は、逃げたんだろう。騒ぎを起こしたんだ。ひゃひゃっ、あたし達から色々聞かれるのは、嫌だろうしな」

「だから火幻と以津真天が、どうして争ってたのかも、分からないままなんだ」

しかし火幻も、長崎屋へ戻って来ない。気がかりだと、屏風のぞきが言った。

「火幻先生、どうして直ぐに帰らないんだろう。きっと明日も往診があるよね」

若だんなは戸惑った。

「あの、剣呑な話かも知れませんよ」

鈴彦姫が、声を上げた。

「あの二人、影内で奥へ転がって、今も戦ってるんじゃないでしょうか」

以津真天は強そうに思えたと、鈴彦姫は心配した。一方屏風のぞきは、少し変わった考えを口にする。

「火幻先生、影に落ちた後、妙なところへ出ちまったのかも知れないぞ」

夢や影の内は、普段暮らしている場所や時間とは、いささか違っている。だから以前、場久が夢を通して、旅に出た寛朝達と若だんなを、繋げたり出来たのだ。

「間抜《まぬ》けをして、影内から、三日前の江戸に出てたって、あたしは驚かないね」

影は、妖のものなのだ。妖が関わり、行き来する影や、人の理《ことわり》から外《はず》れている夢の内は、酷く不確かで危ういものなのだと、妖は言い切った。

「火幻先生は今、とんでもないとこに居て、二階屋へ戻ってくるのに、苦労しているのかも知れないよ」

「それだけのことなら、良いが」

仁吉が何故だか、声を潜《ひそ》めるように言うと、妖達が目を見合わせる。その時、小鬼が離れで皆の不安を、一言で言い表した。

「きゅい、消えたの、二人目！」

逃げ出したに違いない以津真天はともかく、突然姿を消した長崎屋の妖は、場久と火幻で、二人になっていた。

どちらも、なぜ消えたのか、どうして帰って来られないのか、長崎屋の皆には未《いま》だに、本当のところが分かっていない。

すると金次がさらりと、怖い事を言い出した。

「ひゃひゃっ、皆も用心しなよ。二度あることは、三度あるって言うからな」

佐助が、この後も場久達を探すが、夢内で動く時は気をつけるようにと、妖達へ告げる。皆は頷き、それでも今夜また、夢の内へ入っていくと言った。

（何だか恐いけど、このまま手をこまねいているのも、まずいもの）

若だんなが、小鬼をそっと抱く。事情が分からない間に、三人目が行方知れずになる事だけは、避《さ》けねばならなかった。

6

若だんな達は離れで揃って、早めの夕餉を取った。そして妖達は、なるだけ長い間、夢の内を探ろうと、急いで寝床へ向かった。

今夜は兄や達も、夢に入ってみるという。二人は若だんなへ、自分達が留守の間に、離れで何かあった時は、庭の稲荷にいる守狐を呼ぶよう言ってから、部屋を離れた。

若だんなも横になると、早く夢を見て、場久や火幻を探したいと願った。ただ、いつもより早く横になったからか、妙に眠れず、いささか困ってしまう。

「きゅい、若だんな、遊ぶ？」

今日も布団に入ってきた小鬼達が、寝間着の袖内や、懐に潜《もぐ》り込んできて暖かい。ゆっくり撫でていると、その内、眠くなってきたから、小鬼達を潰してしまわないよう、腕でそっと抱え込む。

ところが、その時だ。若だんなは闇《やみ》の中で、目を大きく見開いた。自分が、夜の離れにいるのか、既に夢の内なのか、驚く程、分からなくなっていた。

（いや、もしかしたら周りの闇は、妖達が使う、影なのかもしれない……）

そんな気がしたのは、闇の中に誰かがいると、思えたからだ。もちろん兄や達や、馴染《なじ》みの妖ではない。その証《あかし》に小鬼達が震え、若だんなにしがみついている。

若だんなは総身を硬くすると、貧乏神の言葉を、頭の中に蘇らせた。

〝ひゃひゃっ、皆も用心しなよ。二度あることは、三度あるって言うからな〟

その時闇の中から、誰かが若だんなに話しかけてきた。

「おや、長崎屋の若だんな。もう、私に気がついてるみたいだね」

いつも妖達と暮らしているし、少しばかり妖の血を、引いている故か。そう話してくる声は、ぞくりとする禍々しさに満ちている。

すると昼間、その声を聞いたのを思い出した。

「以津真天。お前さん、火幻と一緒に影内へ消えた、あの妖だね。西から来た一人だ」

面白がるような言葉が、黒一面の中から、また聞こえる。

「私は、西からの妖の一人、か。そういやぁ元興寺も東に来たね。他にも幾人《いくたり》か、こっちに現れてたな」

自分や火前坊が西から動いたので、その動きに乗るようにして、妖が東へ移ったのだ。以津真天の恐ろしげな声が、そう続けた。

「妖は元々、出でた地にいる者だ。雪も降らない地に、雪女はいない。海辺で暮らす山女は、知らないな」

以津真天も古《いにしえ》から、都辺りにいるものであり、それゆえ狩られた時の昔話が、きちんと今に伝わっている。火幻とて、本当の名は火前坊と言い、遺体を野にさらし鳥葬《ちょうそう》にしていた、東山《ひがしやま》の鳥《とり》辺野《べの》に出る妖だ。以津真天は、そう心得ていた。

「なのにさ、己を生み、馴染んだその土地から、あの火幻は出て行った。自分も移っておいて、言うのもなんだがね。真っ先に西から出たのは、あの火幻だった」

土地に縛《しば》られず、西から消えた者が出た事を、多くの西の妖達が、いつの間にか知っていた。江戸へ向かった事も、承知だった。

「簡単に居なくなったんだ。来年になったら、また戻るって訳にもいかないだろうに、消えた。誰も居なければ、その土地は別のものになっていくのに。後の事など、気にしなかったのかね」

江戸へ行くには、影内を通ってさえ、かなりかかる。その上、途中の土地にいる妖のものと、揉めかねなかった。

「我らは、何処《どこ》であっても居られる者じゃない。分かってるさ。そうなんだ」

だが、それでも火幻は西から出たのだ。

「事情は、誰も聞いちゃいない」

以津真天がここで寸の間、言葉を切った。真っ黒な中、顔つきが見えた訳でもないのに、以津真天は怒っているのではと、若だんなは唐突に思った。声が、震えていた。

「この身など、本当に、いつまでこのままなんだと思うくらい、長く長く、都で厭われてるんだぞ」

そもそも怪異《かいい》とは、恐れられ厭われる者であった。しかし気軽に、生まれ出でた土地を離れることなど、出来はしなかったのだ。

「なのに火幻は、離れた」

以津真天は離れるという言葉を、強く口にする。そして火幻が、人が数多《あまた》暮らす辺りに落ち着き、そのまま江戸で暮らしていると、怒った声で言ったのだ。

「妖だってぇのに、江戸で困りもせず、暮らしてるんだってさ」

「えっ……そこに引っかかっているの？」

若だんなは戸惑ったが、返答はない。以津真天は己の語りを、ただ続けていった。

「何故だ。どうやったのだ？　それで何とかなっているのか？」

「きゅ、きゅい。火幻、お菓子くれない」

噂を伝え聞いた西の妖達は、山で地鳴りが起こるほど、ざわついたらしい。するとその内、我《が》慢《まん》ならなくなって、東へ向かう者が出た。

「例えば、この以津真天だな。直ぐに、元興寺が続いた。江戸で会ったんだ」

以津真天は、なかなか黙らなかった。

「だけどさ、火幻と同じように、江戸に来たからって、火幻みたいに、江戸に馴染める訳もなかった。やっぱりそうだった」

以津真天など、人の姿にもなれなかったから、日中、表にいるわけにはいかない。さりとて、人が百万も暮らすという江戸の地には、既に数多の妖達が跋扈《ばっこ》していた。だから余所者が、夜を仕切る事も出来なかった。

「どこまでも平野が続くこの東の地にゃ、余程強い、人ならぬ者もいたからな。来てみて、承知したよ」

以津真天は、それが分からぬ程、妖として弱くはなかったのだ。

「つまり江戸では、居る場所にすら困った」

だから切羽詰《せっぱつ》まって火幻を探し、暮らしている二階屋を知ると、西から来た者達はそこに集った。火幻が毎日食べていると知ると、己達も食ってみた。人の暮らしなど知らぬから、入り込んだ家が荒れ、火幻が嘆いて逃げだした。

「驚くじゃないか。あいつ、暮らしている場以外にも、逃げて行く先があったんだ！」

東の地で、人に紛れて過ごせるだけでも、並の話ではなかった。なのに火幻は早々に、泣きつける相手を得ていた。人にまで縋《すが》り、一緒にものを食って、過ごしていたのだ。

「何でこの身と、こんなに違うんだ？」

部屋内が一気に重くなった。小鬼達は、もう声も上げない。若だんなは、このままではいけないと、何とか顔を上げた。

(そう言えば私は、さっきからどうして、黙って以津真天の話を聞いているのかしら。早く、守狐を呼んだ方が良いはずなのに)

とにかく自分と小鬼だけで、以津真天の語りを聞き続けるのは、止めた方がいい。そう思い至ると、若だんなは話の途中だろうが構わず、大声を出してみた。必死だった。

「守狐、いる？　来てっ」

ところが。いつもならば守狐だけでなく、他の妖達からも返ってくる筈の応えが、この夜は無かった。

7

「えっ？　何で？」

驚き、思わずつぶやくと、闇から笑い声が伝わってくる。

若だんなは、確かにまだ離れにいるが、以津真天がいる闇に、半分飲み込まれてもいる。それゆえ、思うように助けを呼べないのだと、声は嬉しげに言った。

「私が居るのは、人が、悪夢と呼んでる場だよ」

ただ、悪夢と並の夢の差は、人それぞれだから、全ての夢は繋がっており、はるか彼方《かなた》まで続いているらしい。昨日を想い出し、明日へ考えを巡らせ、他の者との思い出から時の彼方へと、夢は広がっていくのだ。

「しかし若だんなの周りには、化け狐もいるのか。人の姿になれる者は、便利に使えるからな。呼びつけて、己を守らせる事も出来る」

皮肉っぽく言ってくる声の方を、若だんなは向いた。

「以津真天、どうして獏の支配する、悪夢にいるの？　場久が行方知れずになっているけど、関わってるの？」

場久が消えたことと、二階屋の妖が繋がっているとは、考えの外だった。すると、何故だか心地良さげな声が響いてくる。

「私は、獏じゃないからね。悪夢を仕切ったりは出来ないんだ。妖が行き来出来る程、夢を保てるのは、あの獏、場久だけさ」

だから。以津真天の声は、明るくなっていく。

「火幻の、西国の友だと言って、私は、あの獏に近づいた。それから、西の寺の坊主が作ったお札で、あの妖を縛り上げてやった」

「えっ……」

「同じ西の妖、元興寺は、寺に住む妖だ。それで坊主達が作る護符《ごふ》も、持ってたのさ」

場久は今、この悪夢の中に、閉じ込めてあるという。そうやって以津真天は、勝手にこの悪夢を使い、火幻に、東の新参者であることを、思い知らせてやる事にしたのだ。

「思い知らせる？　なんで？」

訳が分からない。若だんなが本気で言うと、以津真天が声を険しくした。

「なんであの火幻だけが、さっさと新しい先へ移って、お気楽に暮らしてられるんだ！」

いや医者に化けている、火幻だけではない。江戸へ来てみて驚いた。悪夢の主、獏ときたら、なんと寄席で語り、客から褒められていたのだ。

「悪夢を仕切ってる獏を、どうして人が、褒めそやすんだ？」

それを知って以来、以津真天は怒りに支配されていた。よって場久と会った時、影内で獏を縛り上げていたという。そして。

「二階屋で火幻と会ったとき、あいつに知らせてやったのさ。獏が災難に遭ったのは、火幻が長崎屋に来たからだと」

気の毒に獏は、火幻と知り会った為に、以津真天に目を付けられた。そして今、己の悪夢の中で縛り上げられていると、詳しい事を伝えたと言うのだ。

「……火幻先生は、無事なの？」

「若だんな、あいつはこの以津真天に、二階屋で、喧嘩《けんか》をふっかけてきたよ。戦って、勝って、場久を解き放つ気だったようだ」

昼間の二階屋で、妖同士が真剣に戦った。だから、とんでもない音が辺りに響き渡り、家の周りで皆が騒ぎ出したのだ。

「そのまま、人が二階屋へ踏み込んで来りゃ、面白かったのに。私の姿を見れば、別の騒動も起きただろうからね」

ところが、そうはいかなかった。

「魂消たね。突然、二階屋の床が影に化けたと思ったら、火幻がそこへ落ちた。そうしたらあいつ、私の尾を摑んで、己と一緒に、人の世から切り離したんだ」

影に落ちる時、狭まっていく昼間の光の中に、以津真天達を見下ろしている、妖達の姿を見た。口を歪《ゆが》めていた奉公人が、実は貧乏神なのを知って、以津真天は魂消た。

「訳が分からなかったぞ。火幻の家の持ち主は、近くにある大店《おおだな》だと聞いてた。なのに繁盛している店が、貧乏神と繋がってたんだ」

何と貧乏神と、東の妖達と、大店が、寄ってたかって西の妖を退けたのだ。西の妖は、東の理を犯《おか》し困らせた途端、影の中に放り込まれてしまった。

「何だってんだっ。人の姿になれない者は、このお江戸の昼には居られないらしい。火幻は上手くやったのに、私は、はじき出されたっ！」

「あ、あのっ」

　以津真天の声に、正真正銘の嘆きを感じ、若だんなは震えた。今までにも、何度もそんな、妖の声を聞いた。そして何とかなった者と、どうにもならず、去って行った者がいたのだ。

　するとここで、以津真天が小さく笑った。にたりと、恐い笑みを浮かべたのだろうと、得心した。

「だからさ、共に影に落ちた時、私は火幻へ言ったんだ。今ならこの影と、悪夢を繋いでやる。場久を助けに行けよって」

火幻のせいで、とんでもない目に遭っている妖を見捨てたら、長崎屋の妖達は火幻を許さないだろう。昨日今日、現れた西の妖より、長い付き合いの場久を、大事にする筈だからだ。

からからと、以津真天が笑う。

「あいつ、本当に悪夢へ入って行った。護符で縛り上げられてる、場久を助ける気なんだ。笑えるね、あの火前坊は、大して強い妖じゃないのに、さ。どうやって助けるんだろ」

だから火幻も場久も、長崎屋へ帰らないのだと、以津真天は笑っている。若だんなはここで、必死に布団から身を起こした。そして、問う。

「場久は、どこにいるの？　火幻先生は、どうやって、どっちへ行ったの？」

以津真天は、益々楽しげになった。

すると、遠慮もない大声が、闇に響いたのだろう。どこかで誰かに伝わったのか、戸惑うようなささやきが、遠くから聞こえてきた気がした。

「あのな、若だんな。さっき言っただろう？　悪夢は、場久が仕切ってる場なんだよ」

だから場久を捕らえ、その夢に閉じ込める事で、以津真天は悪夢を勝手に行き来している。しかしだ。

「この私が夢を作って、悪夢を支えてる訳じゃない。夢内の事など、実はさっぱり分からないんだ」

だから、場久はどこにいると言われても、以津真天には答えられない。

「もう一度悪夢の中で、場久がいる場所へ行けるか、自信がないな」

その事も正直に言ったが、火幻は命がけで場久を救いに向かったのだ。だから悪夢に入りこんだ火幻が、今、どうなっているかも、見当すらつかないという。

「下手すりゃ火幻は、夢の内から転げ落ちて、とんでもない所へ現れてるかもな。このまま一生会えなくても、私は驚かないね」

恐ろしい事を話しつつ、しかし己が困らない以津真天は、落ち着いたものであった。

だがこの時、先程聞いた戸惑うようなささやきが、もっとはっきり聞こえてきた。そしてそれは、近づいてきていたのだ。

(あれ？　もしかしてあの声、守狐達の声だったのかしら)

多くが稲荷神社に集っているから、中の誰かが、離れの異変に気がついたのかもしれない。

(化け狐達、離れに来るかな。夢に捕らわれている私を、起こすかもしれないね)

そうすれば若だんなは、以津真天の悪夢から、離れる事が出来ると思う。

すると、以津真天も声に気づいたようで、急に苛立ってきた。

「おや、嫌だ。誰かが私の夢に、目を向けてるぞ。悪夢は今、私の物なのに。妖だな、ああ嫌だ」

東の者達は無礼だと、以津真天は言い切った。そして更に、その中で一番勘弁ならないのは、若だんなだと言い出したのだ。

「お前さんが、火幻を迎え入れたりしなきゃ、私は今みたいな、みじめな気持ちにはならなかったんだっ」

「きゅんべ？」

いやそもそも、長崎屋の離れが悪いと、以津真天は続ける。人と妖は、交わって暮らさないものので、西ではずっと長きに渡って、そうであった。なのにだ。

「なんでこの離れには、妖が集ってるんだ？　どうして昼間っから、当然のような顔して、東の妖どもは暮らしてるんだ？」

何でだ？

何故、西とは違う？

以津真天の毎日とも違う。

いつまで待てば、己はこういう日々を暮らす事ができるのか……。

「いや、この世の果てまで待っても、そんな日は来ないだろうな。つまりだ」

全ては若だんなが悪いのだと、以津真天は言い重ねた。だからこの、夢の外側から聞こえる忌々《いまいま》しい声が、以津真天から悪夢を奪う前に、若だんなは一つ、決めなくてはならないという。

「きゅべ、決める？」

「私はこれから逃げる気だ。西へ戻るか、北へ逃れるか分からん。とにかく今回怒らせた、長崎屋の妖に捕まらないよう、消える」

この悪夢を放り出すわけだ。その後、封じられている場久が、何時《いつ》まで悪夢を保てるか、以津真天にはさっぱり分からない。火幻がどうなるかも、考えの外だと言う。

つまり二人の妖は、酷く危ういのだ。

「だけどさ、今、この時なら、私はまだ若だんなを、この悪夢に入れてやれるよ」

「えっ……？」

「お前さんが、大事な妖達を助ける為、悪夢に飛び込むと言えば、今なら入れてやる。だが入った後の事は、知らん」

前に言った通り、以津真天自身にも、悪夢はどうにも出来ないのだ。うっかりこの悪夢に入ったら、火幻のように行方知れずとなり、若だんなも二度と、江戸の離れへ戻れないのかもしれない。とんでもない場所や、時や、恐ろしき相手の元に、いきなり飛び込みかねないのだ。

「いや、そうなりそうだな。いい気味だ」

だから、若だんなをそんな悪夢へ放り込んだら、以津真天は直ぐに逃げると言った。逃げて、夢にもかかわらず、姿をくらますのだ。

長崎屋に、力の強い妖達がいることは、承知しているが、己一人、逃げ通すくらいはやってみせると、以津真天は言う。少なくとも、人である若だんなの命が尽きるまでの短い間なら、出来そうだとも言うのだ。

「さあ、悪夢へ入りなよ。あの弱っちい火幻だって、獏を助けに行ったじゃないか」

以津真天は、猫なで声を出してくる。

「入らないなら、私は直ぐに消えるよ。若だんなが迷ってても、逃げ出す。自分一人、危うくない離れに残りたいなら、そうしなよ」

十数える内に決めろと言い、以津真天は勝手に数え始めた。若だんなは慌て、とにかく急ぎ、小鬼達を懐から出そうとしたが、怖がっている小鬼は、着物にしがみついて離れない。

「なな、ろく、ご、よん、いいのか？　本当に、火幻達など放って、私は行くからな」

さん、に、と言われ、あっという間に期限が来て、迷う余裕が無くなった。

縛られ、どうにもならなくなっている場久を、放ってはおけない。火幻も、探さねばならない。

今、この時が、同じ悪夢へ行ける、ただ一つの機会かもしれなかった。若だんなは行くと声に出しつつ、思い切り闇の内へ突き進む。

「あっ……」

するとそこでは、今までと同じような闇が、続くばかりであった。全てが、ただひたすら、暗く、濃く、重い黒の中なのだ。

ただ一つだけ、見えたものがあった。

「あれ？　仏像《ぶつぞう》が見える」

目を見張った時、以津真天の声と、外から聞こえていた守狐たちの気配が、不意に途切れた。

8

若いおなごの困ったような声が、近くから聞こえてきた。若だんなは横たわって休みながら、その声を、どこかで聞いた事があると思った。

だが何故か、初めて聞く、綺麗《きれい》な声だとも感じたのだ。声は、戸惑った調子で続いた。

「滝様《たき》、こちらのお客様は、境内《けいだい》に倒れておいでだったんです。ですのでお助けして、床几《しょうぎ》で、休んでいただいているだけです」

特別な知り合いではないと、柔《やわ》らかな声は語っている。

「その、本当にそうなのか？　先ほど、名を呼んでいたように思えたが」

「知った方かと思って、声をお掛けしたんです。でも、違う方でした」

目を覚《さ》まさないが、酒の匂《にお》いはしない。飲み潰れている訳ではなかろうと、娘は続けた。

「この方、具合が悪いのかも知れません」

それで長崎屋の若だんなは、心配を掛けてはいけないと、無理矢理目を開いた。病がちだったから、いつもならば、床から起きる事は嬉しい。ただ今日は酷くくたびれていて、何故だか動くのが難儀《なんぎ》だった。

「何でかな……あれ、れ？」

目を開けた途端、眠気が吹っ飛ぶ。若だんなは何と、よしず張りの簡素な店で、客が座る床几に寝かされていたのだ。

「あらま、青い空が見えるよ」

若だんなは慌てて体を起こしたが、やはりあちこちが痛い。顔を顰《しか》めつつ、首を傾げる事になった。

「私ったらどうして、昼間っから寝ていたのかしら」

すると傍らから目が覚めたのかと問う、柔らかい声が聞こえた。横を向くと、若くて可愛らしい娘御が、優しい顔を見せてくる。

「あら、やっぱり人違いでした。このお方、知り合いより五つ、六つは、年下に違いないわ」

「はて、どなたの事でしょうか」

娘は笑ったが答えず、湯沸《ゆわ》かしの前で、お夢《ゆめ》と名乗った。その後ろから若い武家が、若だんなへ渋《しぶ》い顔を見せていた。

「大丈夫ですか。私はほら、そこに見える、あの大きな灯籠《とうろう》の所でお兄さんが蹲《うずくま》っているのを、見つけたんです」

若だんなはお夢の知り合いと、それはよく似ているので、つい、声を掛けたのだという。実を言うと若だんなも、お夢をよく知っている気がした。

しかし、こんな綺麗な娘御なのに、思い出せないのだ。お夢という名にも、心当たりはなかった。

「でも直ぐには立てないようだったので、居合《いあ》わせた回向院《えこういん》の参拝《さんぱい》客方に頼んで、うちの店まで運んでもらったんです」

「ここは回向院でしたか……お夢さん、お手間をおかけしました。ありがとうございました」

若だんながきちんと礼を言うと、武家は二人が知り合いではないと、やっと得心したらしい。機嫌が直ったのはいいが、直ぐにお夢を口説《くど》き始めたので、若だんなは驚く事になった。

しかも武家は、どうやら本気で、団子屋の娘を嫁に望んでいるように思えた。ならば真剣な分、会ったばかりの者が、関わる事など出来ない。若だんなは口を閉じると、どうして自分がこんな所にいるのか、ようよう考え始めた。

すると座っている床几の上で、不意に、剣呑な事が思い浮かんでくる。

(想い出した。確か私は、以津真天《いつまで》という妖と、暗い中で言い合ってた)

以津真天が、妖の場久《ばきゅう》と火幻《かげん》医師の二人を、悪夢の内に閉じ込めたからだ。

(あのとき私は、以津真天にけしかけられて、悪夢の中へ飛び込んだんだ。場久と火幻先生を、助けなきゃと思って)

ところが覚えているのは、そこまでだ。悪夢に入った後、何がどうなったのか思い出せない。

(場久と火幻先生は、無事なんだろうか)

慌てて辺りを見回したが、境内に、二人の妖の姿はなかった。戸惑った後、しかし若だんなは、ほっと息をつきもした。

(私はどうやら、悪夢から出られたみたいだ。ここは江戸だもの)

もちろんこの場は、誰かが見ている悪夢の続きかも知れない。だが寺には、参拝の人達が大勢行き来しており、その身なりに違和感はなかった。寺院の細《こま》かな様子にも、不思議な点は見受けられない。

(誰かの夢の中なら、ここまできちんとは、してないよね)

そして若だんなが無事なら、場久達も、大丈夫に違いない。若だんなは立ち上がると、武家とのやりとりに困っている様子のお夢へ、言葉を向けた。

「この回向院で、仲間とはぐれてしまいまして。疲れて居眠りをしたみたいです。お夢さん、助けて頂いて、ありがとうございました」

戻って連れを探すと言うと、お夢や武家が頷いている。若だんなは武家へも頭を下げ、屋敷の場所などを聞いた。

「おや、お武家様は、神田《かんだ》にお住まいなのですか。では帰り道、両国橋《りょうごくばし》の辺りまでご一緒させて下さい」

そう言って、いささか強引に同道を決めると、お夢はほっとした顔になり、笑みを向けてくる。若だんなはここでお夢が、桜の花のような事にも気がついた。

「後できちんと、お礼に伺《うかが》います。ありがとうございました」

そして、お夢が若だんなと間違えた、自分と似ている知人は誰なのだろうと、つい考えてしまった。

（私ったら、会った事もない人の事が、何で気になるんだろ）

若だんなは去る前に、懐から財布を取り出し、とりあえずの礼だと言って、二朱金を床几に置いた。そしてお夢に深く頭を下げると、武家と共に境内を後にした。


回向院は、両国の盛《さか》り場近くにある大寺院だ。よって隅田川《すみだがわ》の船着き場は近く、若だんなは舟で、長崎屋へ向かうことができた。

「きゅんい、若だんな。お家、帰るの？」

袖の内から問われたので、若だんなは頷き、小鬼達の頭を撫でた。

「具合は悪くないけれど、倒れてたんだ、一旦戻るよ。兄や達に、無事でいることを知らせなきや。それに相談すれば、場久達をどうやって探すか、一緒に考えてくれる筈だもの」

夜、一人で悪夢へ飛び込んだ事を話したら、無茶《むちゃ》をしたと、長崎屋の皆から叱《しか》られるだろう。だが、それでも今は妖達に会って、ほっとしたかった。

「存外、場久や火幻先生も、何事もなく、長崎屋へ帰ってるかも知れない。だったら嬉しいんだけど」

天気の良い日で、舟はじき、京橋《きょうばし》近くの桟橋《さんばし》に行き着いた。若だんなは岸へ上がると、ほっと息をつく。

「ああ、良かった。店は大事になってないよ」

若だんなが突然、離れから消えたのだ。もしかしたら長崎屋は、騒ぎになっているかもと案じたが、店は何時もと変わらない様子で、商《あきな》いを続けている。

「早く離れで、謝《あやま》ってしまおう。うん、それがいいよね」

店横の木戸へ向かおうとした、その時だ。若だんなは突然、背後から腕を摑《つか》まれた。

「若だんな、黙ってこっちへ来て下さい」

先に見つけられて良かったと、声は続く。若だんなは、思わず笑みを浮《う》かべた。

「場久！　無事だったのか。良かった」

火幻も一緒なのかと、直ぐに問う。だが、どうしたことか場久は顔つきを険《けわ》しくして、返事をしない。そして強引に若だんなを引っ張ると、長崎屋から引き離していったのだ。

「場久、どうしたの？　離れへ戻ろうよ」

返事がなかったので、若だんなは引っ張られながら、以津真天という妖と出会ったことを、場久へ告《つ》げた。悪夢の中に捕らえられた、場久達の事が案じられたので、若だんなは無茶を承知で、悪夢へ飛び込んだのだ。

「でも全てが真《ま》っ暗《くら》で、場久達を見つけられなかったんだ。その上、その後の事を、何も覚えてないんだよ」

そして若だんなは先刻、どうしてだか回向院で目を覚ました。

「以津真天は悪夢の中で、自分は早々に、逃げると言ってた。だからかな、私達は、江戸へ帰って来られたんだよね？」

若だんなは一旦、長崎屋へ帰ることにし、場久とも無事、こうして会えた訳だ。

「なのにどうして場久は、恐い顔をしてるの？　長崎屋から離れようとしてるのは、何故？」

問いを重ねたが、それでも妖は走り続け、返事どころではない。

二人はじき、小店《こだな》や長屋などが続く先にあった、小さな稲荷神社へ行き着いた。すると鳥居《とりい》をくぐった所で、ここなら話が出来《でき》るだろうと言い、場久はようよう足を緩《ゆる》めた。

それから場久は、やっと顔つきを柔らかくして、若だんなへ笑みを向けてくる。

「悪夢の中へ、若だんなが入って来た事は、知ってました。以津真天と若だんなの声が、あたしと火幻先生にも聞こえてたんです。無事で良かった」

全《まった》く！　以津真天という西の妖と出会ったのは、とんだ災難《さいなん》だったと、悪夢を食う妖が言ってくる。

場久は更に、火幻の事を語り出した。

「火幻先生は、自分が江戸へ来たから、同じ西の妖、以津真天も、ついて来てしまったと言ってました」

医者の妖は悪夢の内で、何度も場久へ謝っていたという。

「だからかな、先生ときたら、あたしを助けるんだと言って悪夢へ入ると、以津真天がこの身を封《ふう》じていた護符を、むしり取ったんです。ところがその途中、若だんなの声が聞こえてきた」

以津真天が、西の寺の妖から得た護符は、強いものであった。だから場久は、何が起きるか分からないから、護符をむしるのは止《や》めろと、火幻を止《と》めたのだ。

「でもその時先生は、以津真天が使った護符を、既《すで》に全部、解《と》いちまってたんですよ」

護符は、真っ黒な悪夢の中で、ゆっくり落ちていった。そして。

「悪夢の底がどこにあるかなんて、暗すぎて、あたしにも分からなかったのに。落ちた護符の先が、底に当たった途端、夢が裂《さ》けたんです」

闇《やみ》の中に光の筋《すじ》が見えたと思ったら、一気に広がった。そして、あっという間に裂け目となり、場久達はそこから放り出されてしまったのだ。

「裂け目は一つだけに見えたから、火幻先生も、この地へ落ちたと思います。あたしは寄席近くで目を覚ました後、大急ぎでお二人を探しました」

だが場久は途中で、探すのを止めた。

「あたしはとんでもない事を、知ってしまったんです」

それで、若だんなが長崎屋へ帰ってはいけないと思い、店へ駆けつけ、表で見張っていたのだ。

「場久、なんで私が、長崎屋へ戻っちゃいけないの？　ここは、あの以津真天が仕切った、悪夢の中とは違うよね？　私達は、あの悪夢から、出られたんだよね？」

場久は稲荷神社の傍らで、自分もここが悪夢だとは、思えないと言ってくる。だが困ったような顔つきは、そのままであった。

「若だんな、とんだことになってるんです。ここは……我らの江戸とは、何か違うんです」

場久は首を振った。

「あたし達は、元へ戻ったわけじゃないんですよ」

「えっ？」

そんな話を聞いても、若だんなには、事情が飲み込めない。するとこの時二人の方へ、思わぬ問いが向けられてきた。

「ほう、何やら妙な事を聞いたぞ。ならば場久、この江戸は何だというんだ？」

「きゅ、きゅべっ？」

声の主《ぬし》は佐助《さすけ》で、何時になく強《こわ》ばった顔を、若だんな達へ向けてきたので、懐の小鬼が震《ふる》えだした。

しかし佐助の顔は一気に、泣き顔に変わった。そして佐助は若だんなへ駆け寄り、息が出来なくて死ぬかと思うほど、抱き留《と》めてきたのだ。

「良かったっ、無事だったんですね。生きてて下さったんですねっ」

「げほっ、ど、どういう事？」

驚いて、自分は昨夜《ゆうべ》と変わらないと言った途端、今度は仁吉《にきち》が佐助ごと、腕に包んできた。そして、声を出すことも出来ない様子で、ただ泣いているのを、若だんなは見る事になったのだ。

「何が起きたの？」

ただ二人がいつの間にか、神社へ現れた事情は分かった。場久が、若だんなを連れてきたのは稲荷神社で、妖狐《ようこ》達が集っている場所だったからだ。

そして長崎屋にも、稲荷神社はある。

（この稲荷からうちの守狐達へ、知らせが行った。そして兄や達が、駆けつけてきたんだ）

それにしても……兄や達は、どうしてこんなに、泣いているのだろうか。その訳が分からず、若だんなは困って、小鬼を見つめてしまった。

9

表で長崎屋の話は出来ないからと、若だんなと場久は兄や達に連れられ、長崎屋の離れへ戻った。

すると直ぐに、馴染みの妖達が大勢、現れて来たのだ。

「おや……妖達の内に、あたしはいない」

場久が妙な事をつぶやいたが、何故だか妖達はずっと、ひたすら若だんな達を見ている。その向かいで兄や達も、若だんなをじっと見つめ、また泣きだした。

「若だんな、五年も、どこへ行ってたんですか？　場久と火幻先生も一緒に消えた。何か大事に巻《ま》き込まれたんじゃないかと、皆、必死になって探してたんですよ」

「えっ……」

いきなり、驚くような話を聞かされ、若だんなは頭の中を白くする。佐助はそのまま、魂消るような話を続けていった。

「おまけに、薬升の問題まで起きて。長崎屋は五年前からずっと、嵐《あらし》の中に放り込まれたようなんです」

おかげで店も、以前と比べものにならないほど、危《あや》ういことになっているらしい。若だんなは、五年と、つぶやく事になった。

「ですが、若だんなが行方知れずなのに、長崎屋を潰してしまう訳にはいきません。旦那様は、若だんなが何時でも帰って来られるよう、この店を続ける為、頑張っておいでなんです」

それで今日も主の藤兵衛《とうべえ》は、仕事で上方《かみがた》へ行っているという。何と今、おたえまでが、化け狐達の力を借りるべく、王子稲荷にいるらしい。

若だんなは、ただ目を見開いた。

「薬升の問題って、何なんだい？　五年って、どういうこと？　私は五年も、長崎屋にいなかったの？　場久も、火幻先生も消えてたって、何が起きたの？」

「それは……こちらが伺いたい事です」

部屋に集った妖達が、一斉に頷く。

すると。

ここで場久が、さっと右手を挙《あ》げて、離れのざわめきを止めた。そして、一番事情を承知しているだろう自分が、知る限《かぎ》りの事を話してもいいかと、皆へ問うたのだ。

場が静まり、若だんなが頷く。場久は一軒家で、以津真天という妖に、突然捕らわれた時の事から、真剣な顔で語り出した。

「以津真天の事を、皆、覚えてるかい？　火幻先生と同じ西の妖だ。先生の二階屋に、西から来た新入りが巣《す》くっていたことは、皆も承知だったよね？」

だからある日以津真天から、悪夢の中へ入ってみたいと言われた時、場久は少しだけならと、入れてしまったのだ。すると以津真天は西の寺の護符で、場久を容赦《ようしゃ》なく封じ、捕らえてしまった。

「えっ、あいつは何でそんな事をしたんですか？　場久さんと揉めたりしてませんよね」

「おしろさん、あたしの推測ですが、以津真天は、長崎屋の仲間じゃなかったからだと思います」

以津真天は、人には化けられない。おそらく、行き倒れなど、人に取り憑きでもしないと、離れには加われないだろう。

「その事に酷く、腹を立てていたようだった」

「あん？　小鬼だって人に化けはしないぞ」

「きゅんい？」

屏風《びょうぶ》のぞきが言うと、皆も頷いている。

とにかく以津真天が怒って、場久を捕まえ、火幻と若だんなが、助けに来てくれた。場久を縛《しば》っていた護符を火幻が解いたのだが、その時、落ちた護符が悪夢の底を裂いてしまったのだ。

「どうなったのか、よく覚えていません。とにかく我らは、どこかへ落ちました」

恐くなったのはその後だと、場久は語る。

「あたしが目を覚ましたのは、馴染みの寄席の近くでした」

その時は、江戸へ戻れたと思い、場久はまず、ほっとした。だが起き上がるとふらついたので、よく噺を語る小屋で、水を一杯もらおうとしたのだ。

「ところが馴染みの寄席へ行くと、そこは居酒屋《いざかや》になってたんです。驚いて通りの人に聞いた所、寄席はもう四年も前に、別の場所へ移ったと言われました」

そんな筈はなかった。場久は十日程《ほど》前にも、その小屋で一席、語っていたからだ。

「何かが、おかしいと分かりました」

悪夢の裂け目から、放り出されたのだ。奇妙な事が起きても、おかしくない。しかし何がどう妙なのか、直ぐには分からなかった。

「道端《みちばた》で聞くと、公方《くぼう》様は替わっちゃいなかった。だけど問いを重ねていく内に、親しい噺家が先年、亡《な》くなってると知りました」

場久はその噺家と、つい先日、会ったばかりなのだ。運良く、元の江戸へ戻ったと思っていたが……違う。

やがて年が何年か分かり、ここが、五年後だと知った。場久はこれから、どうしたら良いのか分からず、頭を抱えてしまったのだ。以津真天が、自分達を五年後へ飛ばせた事が、信じられなかった。

「とにかく、この五年後に、いてはいけないと思いました」

去年まで、知り合いの噺家がいたという事は、五年後の江戸に、別の場久がいるかも知れないからだ。

息を呑む声が、妖達の間から上がる。

「途端、他の二人が、酷く心配になりました。共に、悪夢の裂け目から落ちたんです。二人とも、同じこの江戸に居るかも知れません」

何も知らないまま、元の江戸だと思っていたら、危ない気がした。それで場久は長崎屋の近くで、二人を待っていたのだ。若だんながやってきたので、急ぎ連れて店を離れたが、兄や達に捕まってしまった。

「これが、以津真天に捕まってから今に至るまでの、事情です」

場久は、自分自身との鉢合《はちあ》わせが恐かったと、つぶやいている。するとおしろが、場久へ声を向けた。

「あの、場久さん、その心配はないと思いますよ」

実を言うと、若だんなや場久、火幻は、五年前に長崎屋から姿を消し、戻っていない。おしろは、先程佐助が口にした話をくり返した。

「えっ？　あたしは江戸から、消えたままなんですか？　じゃあ寄席に行って、怪談を語ってもいないんでしょうか」

「江戸じゃこの五年、誰も場久さんの姿を、見ていません。火幻先生も同じです」

医者は、場久を探しに行くと言って家を出たきり、行方知れずになっている。

「そして誰より若だんな！　あたし達の若だんなも同じ時に、消えてるんですよ」

あの時長崎屋は、富士《ふじ》の山が爆発したかのような大騒ぎになったと、おしろが続けた。しかも若だんなの消え方は、とても不思議だったのだ。

「若だんなは、離れで寝ていたんです。出掛けた訳じゃなかった。それは確かでした」

家に居たのに、突然、行方知れずとなったのだ。ここで屏風のぞきが話を始めた。

「もちろん藤兵衛旦那やおかみさんは、息子を探した。奉公人達も、妖達も、必死に探し回ったんだ」

妖達は、三人が続けて消えたことに、眉を顰めた。影内や悪夢が事に関わっているかもと、話し出したのだ。

一方、若だんなが見つからないものだから、藤兵衛やおたえは焦《あせ》った。怪しげな占《うらな》い師にも、行方を占わせるし、探すのを手伝うと言われれば、家の奥に、大して親しくない者まで入れた。

「暫くして、それが大事に繋がったんだ」

今も続いている不運が幕を開けたと、屏風のぞきが語った。

10

「あの日旦那様は、滅多《めった》に人を入れない蔵を、開け放った。そして奉公人一同で、若だんなが中にいないか、もう一度奥まで確かめたんだ」

すると力を貸《か》すと言って、店に来ていた知り合いも、調べに加わったという。大久呂屋《おおくろや》という薬種屋もいたと、屏風のぞきが、顔を顰めた。

「客まで蔵へ入れるのは、あたしでも、良い気持ちがしなかった。蔵内の箱には、大事な品が入ってたからね。若だんなが作った薬升だって、入れてあった」

だが箱には、もちろん鍵《かぎ》がかかっており、しかも中は影と繋がっている。そして妖でなければ、影の内を確かめる事など出来なかった。だから客が蔵へ顔を出しても、大丈夫な筈だったのだ。

「筈だった？　違ったの？」

「若だんな、あの日は違っちまったんだ」

続きを語る金次《きんじ》の声が、妙に恐い。

「蔵奥にあった大事な箱の蓋《ふた》は開いてたんだ。いつの間にか壊れてた。若だんなの事ばかり気に掛けてて、誰もそれに気がついてなかった」

鍵は壊れて、近くに落ちていた。その上、箱の中まで壊れたのか、周りに黒い物が散っていた。まるで箱の中で、火薬が爆発したかのような有様《ありさま》だったのだ。

「閉められた蔵の奥にあった箱が、どうしてそんな事になってたのか、長崎屋の者には分からなかった。もちろん奉公人や客が、影を壊せる訳がない」

日限《ひぎり》の親分は首を傾げ、同心の旦那まで、長崎屋へ呼んでくれたのだ。しかし、それでも事情は分からなかった。

「けど長崎屋は、箱が壊れた事で起きた一件に、打ちのめされた」

壊れていた箱には、薬升が幾つも納められていたからだ。

「薬升は、箱から消えていた」

そして。

「暫く後の事さ。上野《うえの》のある寺へ、自分も置き薬をしたいという、薬種屋が訪れたんだ。長崎屋の薬より安いし、同じほど効く薬があるから、薬を置いてくれと言ったらしい」

金次によると店の名は、大久呂屋。日本橋の新しい薬種屋が、安い薬を、寺へ売り込んだのだ。

「驚いた事に、大久呂屋の薬は良く効いた。それどころか長崎屋の置き薬と、匂いも薬効も、そっくりだったらしい」

薬升があれば、長崎屋が作っていたのと、同じ薬が簡単に作れる。大久呂屋が長崎屋の蔵から消えた薬升を手に入れ、使ったとしか思えなかった。

「ただ、置き薬を売り込んだ大久呂屋が、薬升を盗《と》ったという証はない。新たに出来た薬が、長崎屋の薬と同じだという証もない。たとえ似ていても、たまたまだと言い抜けできるしな」

大久呂屋の方が安い分、長崎屋は、多くの薬の売り上げを奪われた。薬種問屋長崎屋はそれ以来、苦労が続いているのだ。

「おまけにね、大久呂屋ときたら、長崎屋が傾《かたむ》いたら、廻船問屋も薬種問屋も、そっくり買い取ると言い出したんだ」

藤兵衛は腕の立つ商人だが、若だんなを探す事に時を割いていたから、対抗し切れていなかった。

「何と、そんな話になっていたのか」

若だんなは、身を小さくした。そして知らぬ間に親へ、心配と苦労を掛けてしまっていたと、畳へ目を落とす。

「あの薬升が、そんな大事を引き起こしたなんて。作らなきゃ良かった」

すると仁吉が直ぐ、薬升は、沢山の利を生み始めていたと、言葉を向けてくる。ただ、大久呂屋が升を手に入れた為に、とんでもないことになっただけなのだ。

「若だんな、事を間違えてはいけません。先々、お店の主になるんですから」

若だんなが頷くと、ここで場久が口を開いた。そして薬升を入れていた箱が、どうして壊れていたのか、思い付くと言ったのだ。

「きゅんべ？」

「あたしが捕らえられていた悪夢の内で、闇が裂けました。中の者が、悪夢から放り出される程の、出来事だったんです」

その衝撃で、辺りの闇が吹っ飛んだのではないかと、場久が続ける。そして、闇で繋がっていたであろう箱の影までが、はじけ飛んだ。

「何しろ、あたしが支配する夢は、悪夢なんですから。特別な事が無くても、時々、恐ろしい事を引き起こしますからね」

離れにいた面々は頷き、若だんなは大きく息を吐いた。それから長崎屋の皆の顔を、順に見て言った。

「とにかく、このままじゃ拙《まず》いよね。これから、どう手を打っていったらいいか、考えなきゃ」

若だんなは、以津真天の言葉に乗せられ、悪夢の内へ入ったものの、場久も火幻も助けられなかった。

しかも薬升を作ってしまい、大騒動の元になっている。

その上、五年後に飛ばされ、親や妖達に、大層《たいそう》心配を掛けてしまった。

それに。

嘆《なげ》く事が幾つも並んだので、若だんなは一寸言葉を切り、溜息を漏らす。すると猫又《ねこまた》のおしろが、他にも大事がありましたと、何度も頷いてくる。

「中屋《なか》さんのこととか」

「えっ？　おしろ、於《お》りんちゃんの家にも、何かあったの？」

おしろが思わぬ名をあげてきたので、若だんなは狼狽《うろた》えてしまう。

「私は中屋にまで、何か迷惑を掛けたのかな」

問うたが、ここで佐助が急ぎ、中屋は無事、商いをしていると口を出してくる。

「長崎屋のように、商売に支障《ししょう》が出たことは、ございません」

そして、若だんなは疲れているに違いないから、今日は早めに休むよう言ってきたのだ。突然五年後に飛ばされ、動き回っているゆえ、このままでは熱が出るという。

「直ぐに布団を敷《し》きます。でも若だんな、寝ている間に、また突然消えないで下さいね」

「きゅい、きゅい」

若だんながいないと、離れに菓子がないと、小鬼達が鳴いている。若だんなは、まだ大丈夫だから、中屋の話を聞きたいと言ったのだが、兄や達は広げた布団に、若だんなを放り込んでしまった。

「ちょいと、気になるじゃないか」

文句を言いはしたが、実は随分《ずいぶん》疲れていたらしく、横になると、あっという間にまぶたが重たくなってくる。そして直ぐ、夢の内へ取り込まれてしまったが、今度は悪夢ではなかった。

（ありがたい。でも、色々起きてしまってて……どこから考えていけばいいのやら）

とにかく目が覚めたら、中屋の事を聞こうと思いつつ、若だんなは夢の内で、小鬼達へ花林糖《かりんとう》を配った。ふと、まだ髪も結《ゆ》い上げていない、於りんの可愛い顔が思い浮かんだが、直ぐに遠くなって消えた。

11

朝になると、今日は場久や沢山の小鬼達、そして妖達も隣で寝ていた。

そして、若だんなが布団から起き上がった途端、まるで手妻《てづま》のように、兄や達が部屋へと顔を出してきたのだ。若だんなが部屋におり、生きていて、寝込みもしていないと分かって、二人は嬉しげな顔になった。

「ああ、やっと我らの若だんなを、取り戻せました。夢ではなかった訳です」

布団を畳みつつ、兄や達は直ぐ、藤兵衛やおたえへ知らせを入れねばと、明るく言ってくる。

しかし若だんなはそれを聞き、大急ぎで止めにかかった。

「妖達にも、お願いするよ。私や場久が長崎屋へ帰ったって事は、暫く黙ってて欲しいんだ」

「ひゃひゃっ？」

「きゅわ、何で？」

「若だんな、どうしてです？」

「きゅべ、お腹空《す》いた」

兄や二人は不安げな顔になって、若だんなの前に座ってくる。若だんなは真面目《まじめ》に、皆へ事情を語った。

「私は五年間、この江戸に、いなかったみたいだ。つまり私は昨日まで、五年前にいた。そして次の日突然、ここは五年後の江戸だと、言われた感じなんだ」

長崎屋の面々は、変事には慣れているからか、揃って頷く。若だんなが関わっているなら、ある日、五年分の年月が吹っ飛ぶ事とて、起きると思っているのだ。

「私は問答無用で、突然、ここへ飛ばされてきた。つまり明日また突然、私は五年前へ戻るかもしれない」

途端、妖達が一斉に、もう余所へは行かないでくれと願ってくる。若だんなは、きゅい、きゅわと鳴いている小鬼を撫でてから、皆へ考えを語った。

「もし、ちゃんと元の江戸へ戻れたなら、きっと五年後の今も、問題は起きてないよ。この江戸でも、私は無事に暮らしてると思う」

病で亡くなっていなければという言葉を、若だんなは付け足さなかった。

「私は、ここから動きたくないと言っても、消えるかも知れない。だから、もう少し事が落ち着いてからでないと、親へ、帰ってきたとは言えないんだ」

息子が帰ってきたと喜んだのも束の間、若だんなが、また突然消えてしまったら、二親は今度こそ寝込みかねない。これを聞いた兄や達は、何か言い返そうとして……黙った。

それで若だんなは、夢の内で思い付いた事を、皆へ語る。

「私は当分、まずは火幻先生を探そうと思う。そうやって頑張っていたら、明日、どうしたらいいのか、見えてくると思うんだ」

そう告げると小鬼達は、若だんなが直ぐに消えないか、ぺたぺたと触って確かめてくる。だが、若だんなが頭を撫でると、安心したような顔になって、懐や袖に潜り込んできた。

一方、兄や達は溜息を漏らした後、若だんなが消えるのを防ぐ方法も、元に戻すやり方も、自分達にはまだ、分からないと言ってくる。

「ですから、旦那様達へ知らせるのは、もう少し待ちましょう。でも、です」

帰宅を隠すなら、しばし余所で暮らすしかないと、仁吉は若だんなへ告げた。

「長崎屋に居続ければ、嫌でも店の者達には分かります。知らせを持った飛脚《ひきゃく》が、あっという間にご両親の元へ、駆けて行くことになりますよ」

だから大急ぎで、それこそ朝餉を食べる前に、若だんなは長崎屋から離れなければならないのだ。

おしろが、困った顔になった。

「もしそうなら場久さんだって、若だんなと一緒に隠れないといけませんね。五年前に消えた場久さんの姿を見たら、藤兵衛旦那は若だんなを知らないか、問い詰めますよ、きっと」

ならば二人が隠れる先は、一軒家ではまずい。

「長崎屋と、近すぎますから」

「きゅんべ？」

更にここで、若だんなの懐から小鬼が顔を出したので、おしろはもう一つ、難題を見つけてしまった。

「小鬼の鳴き声がしても、騒ぎが起きない落ち着き先を、見つけないと」

鳴家《やなり》達は、家を軋《きし》ませる妖なのだ。止めろとは言えなかった。

「さて、若だんなは何処に、行ったらいいのでしょう」

するとだ。若だんなの懐から、首だけ出している小鬼を見て、屛風のぞきが笑い出した。良い場所を思いついたと言い、それは、小鬼のおかげだと言ったのだ。

「思い出したんだ。この江戸には、小鬼が大勢いると分かってる所が、もう一つあるじゃないか。あそこへ若だんな達を預けよう」

若だんなが五年前から来たと言っても、あの場所ならば大丈夫だと、付喪神が言う。底に影が貼りついた箱が壊れた時、それを預けたのも、同じ所だったのだ。

「箱の底の影がどうなったのか、よく分からなかった。危なくて、長崎屋には置いておけなかったからな」

だが金を大分、出す必要はある。付喪神がそう言うと、妖達が一斉に、ああ、あそこと、口を揃えた。

若だんなは直ぐに場所を思い付かず、小鬼と一緒に、困った顔になった。


上野《うえの》にある広徳寺の直歳寮《しっすいりょう》で、妖退治で名を馳《は》せている高僧、寛朝《かんちょう》が唸《うな》った。長崎屋の妖達が、行方知れずだった若だんなを連れて訪れると、とんでもない事情を話していったからだ。

妖達は、寛朝へ若だんな達を託すと、火幻を探し、店を助ける為、長崎屋へと戻っていった。

「なんとまあ。若だんな、お前さんは、五年前の江戸から、来たってことなのだな？」

寛朝は若だんなと、一緒に残った場久を前に、剃髪《ていはつ》した頭を掻《か》いた。

ちゃんと話は聞いた。そして長崎屋の妖達が、法螺《ほら》話をこしらえる事情もない。若く思える若だんなを見れば、疑う気にはなれないと言ったが、寛朝は苦笑を浮かべもした。

「長崎屋と付き合っておると、本当に、色々な事に出会うわい」

一方、寛朝唯一の弟子である秋英《しゅうえい》は、今更ですと言い、狼狽えもしなかった。寛朝を師と仰《あお》いでいると、大概のことには驚かなくなると言うのだ。

そして今回、長崎屋の若だんなを預かった事で、広徳寺は助かったとも言った。長崎屋の面々は、若だんなを広徳寺へ預ける時、小判《こばん》を置いて行ったからだ。

「ここ最近、寺への捨て子が多いのです。養子に出すとき、新たな親へ幾らか包むので、金が足りず困っておりました」

つまり長崎屋が出した小判は、赤子《あかご》のために消えるのだ。それで今日の昼餉は、安く済ませたと言い、秋英は師と若だんな達に、焼き芋を勧《すす》めてくる。

「質素で申し訳ない」

「芋は好きです。ありがたいです」

若だんなは笑い、手にした芋を一本、場久へ回した。寛朝も太い芋を手にすると、若だんなを見てくる。

「若だんなはこの後、まずは火幻医師を探すことにしたそうだな」

助けてもらった火幻へ、恩義を感じているのか、場久も隣で大きく頷いている。寛朝は芋を食いつつ、これからの事を問うてきた。

「火幻医師を探すのは良いが、見つかるかどうかは分からん。実際、五年後へ来ているか、確かではないからな」

だから後の事も、決めておかねばならないと言うのだ。

「要するに、元へ帰る事を望むか、このまま留まるか、腹を決めねばならん」

五年後の江戸に、若だんなや場久はいなかった。だから一生の内、五年間を失う事にはなるが、このまま江戸で暮らして行く事は出来ると、寛朝は言う。

「この地で暮らすなら、二人は、神隠しにあっていた事にすればいい」

いささか強引なやり方だが、神隠しなら、五年分の事を覚えていないと言っても、世間には通ると言う。長崎屋の夫婦は、息子が戻れば喜んでくれる。

「この五年、気を揉《も》んできた妖達も、ほっとする筈だ。離れに集って、まずは帰還の祝いをしてくれる」

若だんなにとって悪くない道だと、寛朝は話した。ただ以前の長崎屋とは違い、順調とはいかなくなった店を、若だんなはこれから、立て直していかねばならないのだ。

そして、もう一つの道は。

「五年前に、帰るという選択だな」

「師僧、簡単に言われますが、帰り方は、まだ誰にも分かっていません。長崎屋の妖達が、そう言っておりました」

帰れるかどうかおぼつかないと、秋英が言う。五年前から来た道を、知る者はいないのだ。

ここで若だんなは、芋を食べる手を止めた。そして難しくはあっても、もし戻れれば、上手くいく事もあると口にする。

「五年前に戻る事が出来れば、薬升の問題を、何とかする事が出来ます」

そもそも、若だんなが行方知れずにならなければ、蔵を開け、人を入れる事もなかった。壊れていた箱から、薬升が盗まれる事にもならなかったのだ。

「薬升を盗られなければ、長崎屋は五年後の今も、裕福《ゆうふく》だったでしょう」

全ては若だんなの不在が、引き起こした大事であった。

「ですから帰った方がいいとは、思ってます」

ただ……正直に言えば、若だんなは今も、迷っているのだ。

「当然だな。ただ、明日まで迷うことは許されても、来年まで迷う事は無理だ。いつの間にか、この江戸に落ち着いてしまうぞ」

落ち着いた声で言う寛朝は、不思議な程いつもと違い、高僧だと思える。場久が不安げな顔を向けてきたので、若だんなは、腹をくくって答えた。

「私は……なるだけ急いで決めます。ただ寛朝様、その前に一度、目を覚ました回向院へ、行こうと思うのですが」

「はて、回向院とな」

場久は、噺家として大事に思っている、寄席近くで目を覚ました。しかし、若だんなが気がついたのは、長崎屋の側《そば》ではなく、余り縁の無い回向院の境内だったのだ。

「その事に、何か意味があるのか。助けてくれた方に、お礼方々、確かめに行こうと思ってます」

寛朝と秋英が、静かに頷いた。

12

若だんなと場久は翌日、広徳寺から、両国の回向院へ向かった。

本当であれば、昨日の内に行きたいと、若だんなは思っていた。ただ病弱という字が、着物を着ているかのように、若だんなは弱い。無理をしないようにと、秋英に止められたのだ。

「今は、頑張らねばならない時だと思います。しかし気を張り詰めてばかりでは、若だんなの身が持ちませんよ」

五年後に来ても、若だんなは若だんな。壮健ではなかろうと、秋英は言う。

「あの、場久も、そう思います」

「病になって、この江戸で命を落としては、大事です。若だんな、何をするにも、己の命は己で守らないと」

「済みません、気をつけます。回向院へは、明日向かいます」

すると翌日朝餉の席で、寛朝が若だんなへ明るく語ってくる。

「若だんな、今日は二人ばかり、赤子を里子に出すので忙しい。頼むから倒れないでくれ。死ぬのも困るぞ。うん、お願いする」

「寛朝様、簡単に〝死ぬ〟なんて、若だんなへ言わないで下さいまし」

秋英の溜息に送られ、堂宇《どうう》から出る。すると門の所に、長崎屋の妖達を見る事になった。

「あらま、長崎屋は忙しいんじゃなかったの？　私には場久と小鬼が付いているから、大丈夫なのに」

貧乏神が、にやりとした。

「ひゃひゃっ、若だんな、この貧乏神金次がいた方が、もっと大丈夫さ」

実は兄や達や屏風のぞきが、昨日から心配のし通しでうるさかったのだと、金次は言ってくる。

「だけどさ、今の薬種問屋長崎屋には、主も若だんなもいないだろ。仁吉さん達が、店を離れる訳にゃいかないんだよ」

それで金次が登場したのだ。

「ついでに、おしろも助力に参りました。ええ、助太刀がもっと欲しいときは、あたしが猫又の仲間を呼びますから、安心ですよ」

貧乏神や猫又と共に、一軒家で暮らしてきた場久は、ほっとした顔になっている。今日向かう先は、両国の回向院だと告げると、二人は首を傾げた。

「火幻先生を探すんだよな？　あの先生、回向院に縁があったっけ？」

若だんなは笑って、首を横に振った。

「境内で助けてもらったお夢さんに、きちんとお礼をするつもりなんだ。だからまず、回向院へ行こうと思って」

「へえ、お夢さんに、ねえ」

金次は、短い返事の後、おしろと素早く、目を見交わしている。

（あれ？　二人は回向院のお夢さんと、縁などないよね。なのにまるで、何か知っているみたいだ）

そこで若だんなは馴染みの妖達に、自分が聞いておくべき事が、ないかを問うてみた。

「突然、五年も先に来てしまったんだもの。薬升の騒ぎのように、長崎屋の者として知っておくべき事が、あるんじゃないかな。教えておいてくれないか」

すると金次は分かりやすく、明後日の方を向いてしまった。おしろは、困った顔になって、ただ黙っている。

（あ、やっぱり何か、私に話してない事があるんだね。でも話すのは、止められてるみたいだ）

二人共、従ったのだから、止めたのは兄や達だろう。小鬼達は鳴きながら首を傾げ、場久は戸惑ったように、仲間を見つめている。

（お夢さんの何を、兄や達は知ってるのかしら）

だがその後若だんなは、妖達と、ゆっくり話し合う事は出来なかった。両国橋が近くなってきた時、金次が道で、急に顔を顰めたからだ。おしろも顔色を変えると、若だんなと場久の袖を掴み、脇の小道へと誘《いざな》っていく。

「おしろ、どうしたの？」

その時、道の先から来た男らが、一人になった金次を囲み、上から見下ろすようにしてきた。

「おやおや、これは廻船問屋長崎屋の、骸骨みたいな手代じゃないか」

男達は、柄や色味は抑えているものの、やたらと金がかかった身なりをしている。金次が、大久呂屋さんと若だんなさんと呼び挨拶《あいさつ》をすると、二人が口元を歪めた。

「おや、金次さんは今日、我らを盗人《ぬすっと》とは言わないんだね。そりゃ薬升のことで、証もなく大久呂屋を疑って、大騒ぎになったからね」

要らぬ事を言うから、長崎屋は他家を呪《のろ》ったと、妙な噂を立てられたのだ。息子はそう言った後、大久呂屋の主と二人で金次を笑った。

貧乏神は、相手が店主であっても、遠慮などしない。おそらく相当、怒りを募《つの》らせている筈と、若だんなは思った。

「大久呂屋の薬は、今も良く売れてるよ。長崎屋の高い薬より、うちの薬が良いってさ」

「大久呂屋の虎吉《とらきち》さん、おたくの薬は、段々効かなくなってきてると、噂を聞きましたよ」

金次が言った途端、息子が顔を顰めたのを、若だんなは小道から目にした。おそらく大久呂屋は、安売りで長崎屋の薬を締《し》めだした後、中身を安いものに変え、薬の質を落としているのだ。

（痛い所を突かれたんだね。ああ、虎吉という息子が怒ってる）

金次の傍らを、大久呂屋親子が過ぎてゆく。そして真横に来たとき、大柄な虎吉が思い切り、金次の足を払った。

金次は、骸骨が着物を被っているような体つきだから、あっという間に足が浮き上がると、尻から道へ転がった。虎吉達は遠慮も無い笑い声を立て、通り過ぎてゆく。

「金次っ、大丈夫？」

若だんなが慌てて駆け寄ると、立ち上がった貧乏神は、お仕着せから土を払いつつ、心配ないと言ってくる。

「こう見えても、長く長く、時を渡ってるんだ。骨と皮ばかりに見えても、あたしの体は、結構丈夫なんだよ」

金次は笑っているが、貧乏神がこんな扱いを受ける所を、若だんなは見た事がなかった。しかも金次は、怒りと共に辺りを冷やすことすら、やらないでいるのだ。

「何か事情があるのかな。とにかく茶屋を見つけたら、一旦休もう」

西両国の盛り場に差し掛かると、隅田川沿いには、数え切れない程の茶屋が並んでいる。川沿いにある、話をしやすそうな店を見つけると、若だんな達は床几に座り、お花《はな》と名乗った茶屋娘から茶を貰った。

「この辺の茶屋娘は、お花と名乗ってる事が多いね」

金次はそう言うと、茶碗《ちゃわん》を手に、渋い顔で事情を語り出した。

「若だんな、長崎屋から薬升が消えて、大久呂屋が置き薬を始めた事は、言ったよね。その後、近所の店の集まりで、あたしとあの大久呂屋は揉めたんだ」

何も知らない大久呂屋は、貧乏神と、正面からぶつかったのだ。金次は随分と酷い扱いを受けたらしく、怒った。すると一々貧乏神が動くまでもなく、世は理通りに動いた。

要するに、貧乏神と大揉めした相手は、不運に捕まったのだ。

「大久呂屋の荷を乗せた、西からの船が、沖で沈《しず》んだ。まだ新しい店だったから、蓄《たくわ》えがなく、その一回の損で、店が傾いたよ」

長崎屋の薬とそっくりだと、大久呂屋の置き薬は、噂になっていた。馬鹿をしたので天罰が下ったと、話が回ったのだ。大久呂屋は潰れ、事は終わる筈であった。

だが。大久呂屋は、貧乏神が思っていたよりも強かった。息子に店主の座を譲ると、ある両替商から嫁をもらい、持参金で店を立て直した。

「そうしてさ、長崎屋へ更に、嫌がらせをしてきたんだ」

喧嘩相手の長崎屋を黙らせなければ、自分の店が立ちゆかなくなる。何故だかそう踏んだらしく、露骨《ろこつ》な事をしてきた。

「その時やったのが、噂を流し返す事だな。荷が沈んだのは、長崎屋が大久呂屋を呪ったからだと、しつこく言った」

金次が関わっていたから、まあ、当たらずとも遠からずであった。しかし。

「藤兵衛旦那様が、承知してる事じゃない。旦那様も仁吉さんも、薬種問屋の集まりで、それこそ証の無い話だと言い返したんだ」

すると今度は、長崎屋の者達へ、力で災いをもたらしてきた。どこかで破落戸《ごろつき》を雇い、長崎屋の者を、襲うようになったのだ。

「例えば、こういう風にだ。大久呂屋の親子、我らと別れた後、こいつらを雇ったんだな」

金次がそう言った途端、にたにた笑いを浮かべた男が二人、いきなり茶屋にいた皆へ、手桶《ておけ》の水を浴びせてきたのだ。

金次は素早く逃げ、おしろは若だんなを庇《かば》った。二人とも、こういう襲撃に慣れている様子が見て取れて、これも薬升がもたらした災いかと思うと、胸が苦しくなる。

(私は長崎屋の皆に、とんでもない事をしてしまった)

金次が無事なのを見ると、破落戸は川岸へ回り込んで、二人で金次を挟《はさ》み撃ちにしようとしている。若だんなは急ぎ小鬼を懐から出すと、囁《ささや》いた。

「小鬼、あの男達の足の下に、妖の影を作っておくれ。小さいのでいいから」

小鬼も妖だ。影の出し入れは、お手の物であった。

「きゅい、鳴家は上手」

するとと川近くにいた男が、不意に大きな声を上げ、よろけた。その後、止まれずそのまま、隅田川へと落ちてしまう。

「ありゃっ？」

離れた所で、金次が呆然としていると、もうひとりの男が金次へ殴りかかる。だが、後ろは見ていなかったとみえ、おしろに盆を思い切り振り下ろされ、うずくまった。

おしろとて妖だが、見た目は綺麗な娘だ。いきなり暴れたあげく、娘にお盆で伸《の》された男になど、茶屋周りの誰も、同情しなかった。

「情けないねえ、おなごにやられちまったよ」

店主が苦笑していたので、若だんなは多めに銭を置いて、店を離れた。すると金次は、小鬼達を撫でた後、今のような諍《いさか》いが、本当に多かったと話を続ける。ただ。

「旦那様は店の立て直しと、若だんなを探す事に疲れててね。だから兄やさん達は、あたしらに、頭を下げてきたんだ」

暫く、腹に据《す》えかねる事があっても、大人しくして欲しいと、二人は言ったのだ。

「一に大事な事は、若だんなを取り戻すことだ。次に考えたいのは、戻ってくる場所、長崎屋が続く事だ」

大久呂屋のような輩は、己が本当に強くは無いから、こちらが何かすると、気を立てやり返してくる。腹が立っても構わずにいれば、やがて大人しくなると言ったのだ。

「とにかく、若だんなを取り戻すまで、我慢してくれ。そう言われたんで、大久呂屋をまた潰す事は、先延ばししてる」

それこそ、〝いつまで〟我慢する事になるのか、分からない話であった。それでも妖達が、兄やに従ってくれたと知り、若だんなは深く頭を下げる。

おしろが笑った。

「あたし達は、若だんなを取り戻しました。ええ、だから、我慢したかいがあったってもんです」

若だんなは目に、涙が滲《にじ》むのを感じた。兄や達がどうして、このまま五年後に居てくれと言ったのか、身に染みてくる。金次がにたりと笑い、小鬼が作った影は見事だったと、褒めた。

「さあ、火幻先生を探しに行こう。ひゃひゃっ、まずはやれることからやるさ」

頷くと若だんな達は、賑《にぎ》やかな両国橋を東へ渡った。

13

両国橋の東にある回向院には、今日も、大勢の参拝客が行き交っている。若だんなは段々、五年後の江戸に馴染むのを感じつつ、境内の奥の方へと向かった。

「もちろん回向院でも、火幻先生を探すつもりだよ。けど、まず行くのは団子屋だ」

若だんなを助けてくれたのは、団子屋勤めのお夢だと言い、回向院で助けられた時の話を、少し詳《くわ》しく皆へ告げる。若だんなを助けたお夢が、武家から嫁に望まれていると聞いたおしろは、頰《ほほ》に手を当てた。

「まあ、そんな一幕があったんですか」

おしろが首を振る横で、金次が歩きながら、お夢の縁談《えんだん》について語り出した。

「団子屋の娘の相手が、お武家さんかぁ。まあ綺麗な娘なら、一旦武家の養女になって、嫁《とつ》げばいいからな。嫁に出来るってもんだ」

すると突然、そうなったら残念に思うかと、金次が若だんなへ問う。場久が直ぐ、顔を顰める。

「金次さん、若だんなが大事にしてるのは、中屋の於りんちゃんですよ。お夢さんは、関係ありません」

若だんなが不在だったから、長崎屋の妖達も、長く於りんと会っていないだろう。小鬼達は、於りんと一緒に遊ぶことが大好きであったが、それもお預けになっているのだ。

だが、それでも大分前から、長崎屋の若だんなの嫁御は、於りんと決まっている。

「そうだよね？　五年経ったって、そこは変わってない筈だ」

場久はそう言い張ったが、金次は謝らなかった。

「男と女の縁は、貧乏神が仕切るこっちゃないよ。けどまあ、色々あるってことは、あたしも長くこの世に居るから、分かってる」

そして若だんなは、五年も江戸を留守にした。

「だから、並よりも一層、あれこれ起きてしまうのさ」

「えっ……？」

金次は、含みのある言葉を口にしてから、団子屋へ挨拶するなら、手土産でも買ってくるべきだったかと首を傾げた。

「途中に菓子屋はあったのに。気が回らなかったな」

若だんなは近くの菓子屋へ、一旦戻ろうかと言ってみたが、もう団子屋は見えてきている。

「あ、団子屋には今日も、お客がいるね」

「あん？」

団子屋へ目を向けた金次は、急に足を止めた。若だんな達も止まると、おしろが顔を顰める。

「まあ、間が悪いこと。金次さん、団子屋に、会いたくない人がいますよ」

金次は、やっぱり菓子屋へ行こうかと言い出したが、団子屋の客も、こちらに気がついたようで、顔を向けてくる。

おしろは溜息を漏らし、若だんなへ事情を話してきた。

「団子屋にいるのは、大久呂屋の番頭です。さっき、金次さんに乱暴をした主の、親戚《しんせき》ですよ。何で、団子屋のお夢さんと話しているのかしら」

長崎屋の皆が行く先に、大久呂屋の者がいるとは剣呑だと、おしろが声を低くする。若だんなは唇を引き結び、皆と、団子屋へ歩いて行った。近づくと、番頭は堂々と、己から金次へ挨拶をしてきた。

「おや、これは金次さんじゃありませんか。長崎屋の手代さんと、こんな所でお会いするとは、思いませんでした」

若だんなが五年前にいなくなったので、中屋と長崎屋は、縁が切れたと思っていたと、番頭は言ったのだ。

「ですからうちの店が、中屋さんへ、良縁を持っていったんです。ええ、於りんお嬢さんも、年頃ですからねえ」

「えっ、於りんちゃん？」

場久が、呆然としている。おしろが一寸口を尖《とが》らせ、金次と目を見交わした後、静かに語り出した。

「あのね、回向院の団子屋さんにいるのは……於りんちゃんです。いえ今なら、於りんお嬢さんと呼んだ方がいいのかしら」

そして団子屋では、お夢と名乗っていると、おしろは続けた。表で働くとき、名を変える娘達は、結構多かった。

「お夢さんは、於りんちゃん？　ああそれで、知っているような気持ちになったんだ」

若だんなは、目を見張った。

妖達は、ほぼ年を取らない。猫又のおしろなど、二十歳を越え、妖になってしまった後は、見目はそのままであった。力が衰《おとろ》え、この世から消え去る時でもなければ、妖は変わらない。

だが人は違う。若だんなですら、五年違ったので、別の人だと言われたのだ。子供のような於りんであれば、それこそ別の娘のように見えて、おかしくなかった。

おしろが、団子屋にいる娘を見つめる。

「そうね、あたしも久方ぶりに会うけど、あれは於りんさんだわね」

回向院の団子屋は於りんの母方の、親戚筋がやっているのだという。

「若だんなが居なくなってから、中屋さんも大変だったとか。別の縁談があるから、長崎屋との縁談を白紙に戻すよう、言う人が多かったと聞いてます」

それで於りんは家から、この団子屋へ逃《のが》れていたのだ。兄や達もそのことは承知していて、若だんなにはまだ伝えないよう、妖らに言っていたらしい。

たった五年の空白が、人を大きく変えた事に、妖の場久は戸惑っている。若だんなは隣で、天を仰いだ。

「何とまぁ」

境内で目を覚ました時、若だんなはまだ、五年の時を超えた事を、分かっていなかった。あの時は於りんの事も、見分けが付かなかった。

(表で働く娘さん達は、別の名を使うことも多い。その事は、ちゃんと承知してた。なのに、それでもお夢さんだと名を聞くと、於りんちゃんは思い浮かばなかった)

やはり五年という年月は重いと、若だんなは、賑やかな回向院で思い知る。於りんも、五つ若い若だんなを、別人と考えていた。

(しかし、大久呂屋さんまでが中屋へ、新たな縁談を持ち込んだとは)

於りんが長崎屋の許嫁《いいなずけ》だと知って、嫌がらせを思い付いたのかも知れないと、若だんなは思った。何としても長崎屋を押さえつけ、自分達が上に立たないと、安心できなくなっているのだ。

大久呂屋の番頭は、何故だか得意げに、長崎屋の一行へ言ってきた。

「大久呂屋が仲人《なこうど》となっている於りんさんのお相手は、滝様というお武家様です。何と、お旗本《はたもと》なんですよ。しかも、良きお役に就《つ》いておいでなんです」

大久呂屋と縁のある両替商が、間に入っていなければ、まず来ないような良縁だと言い、番頭が胸を張る。するとおしろが小さく、ああと漏らした。若だんなが境内で目を覚ました時、行き合った男、滝は、団子屋の客としてお夢に惚《ほ》れた訳ではなく、ちゃんとした縁談相手だったのだ。

となると。

「ひゃひゃっ、縁談相手のお武家が、於りんちゃんが逃げた先の、団子屋にまで顔を出してる。多分、於りんさんのおやじさんである中屋さんが仲人へ話したんだ」

つまり中屋は、今回の縁談を、まだ断っていないのだろう。早々に、長崎屋とは別の縁を考えるものかと、金次が顔を顰めている。

しかし若だんなは、小さく首を振った。

(私は五年、いなかったんだ。中屋さんに、文句を言える立場じゃないな)

娘盛りは長くはない。消えた若だんなを、ただ待っていたら、年増《としま》と言われる二十歳が、直ぐに来てしまう。親ならば娘の幸せを、第一に考えるものなのだ。

(さて、私はこれから、どうする？)

新たな縁談は、今の長崎屋との縁より、随分良いものに思えた。つまり今回の縁談は、この後、若だんながこの江戸で生きていくことにしても、消えて無くなるものではないのだ。

於りんとの縁談を、どうするのか。

長崎屋を、どう支えるのか。

妖達を、どうやって安心させるか。

己の顔をどちらに向け、明日を迎えるのかという話になっていた。

(参ったな。決断すべき事が、目の前で山になってる)

しかも自分が腹をくくれば、何とかなることばかりではなかった。

（どうしたらいいんだろう？）

団子屋へ目を向けると、長崎屋の者達が何も言わないからか、調子よく話していた番頭が黙ってしまった。

若だんなはまず於りんへ、きちんと礼を口にするため、前へ進んだ。

14

広徳寺の直歳寮で、寛朝が苦笑いを浮かべ、弟子の秋英は言葉を失っていた。

両国から帰った若だんな達は、火幻医師を見つけられなかったと、僧達に告げた。そしてその代わりに団子屋で、お夢と名乗っていた、中屋の於りんと会った事を話した。その上、新たな於りんの縁談相手の事も、大久呂屋の番頭から、聞かされたと告げたのだ。

「於りんちゃんは子供ではなく、急に、娘さんになっていました。それで先日出会った時は、気がつかなかったんです」

正直にそう言うと、寛朝は頷いたが、秋英は固まったかのように呆然としている。寛朝は息をしろと言い、弟子の背をばんと叩いてから、これが五年という日々の長さかと、唸った。

「思いもしなかった難儀が、また現れたか。やはり年月というのは、無視出来ぬな」

人ならぬ者にとっては短い五年が、困った問題を、若だんなに突きつけてきているのだ。

「例えば、五年前には戻らないと決めたとしても、だ。こうなると中屋の、於りんさんとの縁談は、破談も覚悟せねばならんな」

裕福な材木《ざいもく》問屋中屋と、長崎屋の縁が切れそうだと、寛朝は遠慮無く口にする。

「実はな、広徳寺が長崎屋さんから小判を頂いたのは、久方ぶりなのだ。つまり長崎屋は今、以前程、裕福ではないということだ」

もし若だんなが長崎屋へ戻っても、前のように離れで、妖達と楽しく過ごす事は出来ないかもしれない。

「一旦、五年前へ戻った方が、諸事、すっきりするかもな」

寛朝がはっきり言うと、秋英が困った顔になる。

「寛朝様、そうは言っても若だんなが、元の江戸へ戻ると決意するのも、難しいです」

秋英は若だんなと会った後、じっくり考えたという。浮かんだのは厳しい答えだった。

「もしかしたら、事は命に関わります」

「えっ？」

魂消る若だんなへ、秋英は訳を語った。

「帰るなら、妖達の助力は必要です。でも、五年前へ戻りたいと言うと、また若だんなが消えるのではと、妖達が怯《おび》える事になります」

その上、帰る方法は分かっていない。そもそも、以津真天が、人を五年後へ送れたという事自体、信じられない話であった。

「下手をしたら、戻り方を探し続けるだけの、一生になるかも知れないです」

そんな日々を送っていたら、体の弱い若だんなは、早死にしかねない。そう判断した時、兄や達が何を決断するか、分かったものではなかった。寛朝は眉間に皺を寄せ、どかりと堂宇の板間に座る。

「ううっ、それこそ二人は、祖母君の所へ、若だんなを連れて行きかねんな」

若だんなは、この世から切り離されてしまうのだ。場久が、目を床に落とした。

「つまり若だんなは、元へ戻る事を、選ぶ事も出来ないんですか。やっぱりあたしが、以津真天に捕らえられたのが、いけなかったんだ」

それだから今日、若だんなは於りんへ、自分は一太郎《いちたろう》だと名乗らなかったのか。場久はそう言うと、ぽろぽろと涙を流し始める。若だんなは、急ぎ告げた。

「場久、違うよ。私は大久呂屋の番頭さんの前で、江戸へ戻ったと言って、新たな騒動を抱えたくなかっただけだ」

するとここで、秋英が立ち上がった。そして両の手を握《にぎ》りしめると、そろそろ夕餉にして、一息つきましょうと言ってくれた。

「悩んでいても、腹は空きますから」

「きゅいきゅい」

庫裡《くり》で作った夕餉の膳《ぜん》には、飯と豆腐の汁、漬物に、芋の煮物が乗っていた。昼餉が軽かったので、夕食が嬉しいと言い、若だんなは場久へ笑みを向ける。

「長崎屋へ帰った金次達も、今頃食べているかしらね」

頷いた場久は、大きく息を吐いた後、やっと箸を取った。そして膳に箸を付ける前に、真面目な様子で口を開いた。

「あの、若だんな。一つ、あたしの話を聞いて下さい。この場久は……腹を決めました」

「きゅんべ？」

「もし帰りたいと思ってるなら、他の都合は考えないで下さい！　若だんながどうしたいのか、その思いだけで、この後どうするかを決めて欲しいんです」

今は帰り方など分からないが、場久は、悪夢を司《つかさど》る獏なのだ。そして、五年の時を超える元になった裂け目は、場久の悪夢内に現れたものであった。

「となれば元へ戻る道も、きっと夢の中にある気がしてます」

他に、五年前との繋がりが考えられるのは、薬升が入っていた箱など、妖の影と繋がっている所くらいだ。

「夢も影も、この場久が関わる場所です。若だんな、場久を頼って下さい！」

以津真天の勝手に、長崎屋が振り回され続けるのはご免《めん》だと、場久は言いきる。

「帰り道がないか、まずはあたし自身の夢内を探してみます。後で、長崎屋の蔵で壊れたという木箱を、寛朝様に見せて貰いましょう。何か見つけられる気がします」

寛朝が、意気込みや良しと頷く。

「場久は、突然壊れていたあの物騒《ぶっそう》な箱を確かめたいのか。まあ、箱に張り付いておる影にも、妖ならば慣れていよう。私は構わんが」

「きゅい、小鬼は勇敢《ゆうかん》。見る」

ただ大分暮れてきて、辺りは薄暗く、蠟燭《ろうそく》があっても見づらい。調べごとは明日にするのが良かろうと、寛朝は言ってきた。

「明日もまた、長崎屋の妖達が、来るだろうしな。力を貸してもらえばいい」

頷いた後、若だんなは場久から、怪しい夢の見極《みきわ》め方など聞き始めた。そして小鬼達と、せっせと夕餉を食べていった。

翌日、広徳寺に来た長崎屋の妖は、増えていた。金次、おしろの他に、屏風のぞきも顔を見せてきたのだ。

「今、薬種問屋は忙しいんじゃなかったの」

直歳寮の板間で若だんなが笑うと、屏風のぞきと一緒にいた小鬼の何匹かは、若だんなや場久に飛び移り、懐や袖に潜り込んだ。

「夜、場久が夢の内から、あたしに知らせて来たんだ。今日は長崎屋にあった箱を、検《あらた》めるんだって？」

ならば何度も箱を使っていた、屏風のぞきが立ち会った方が良い。妖は何故だか胸を張って、そう言ってきたのだ。

寛朝は、妖が増えた事は気にしなかったが、昼餉は安い焼き芋だと、早めに言ってくる。屏風のぞきが、好物だと言い笑った。

「それにさ、佐助さんが川底から、若だんなの小遣いを拾ってきたんだ。我らは当分、金には困らないさ」

「ほお、川の深い場所に、誰かが落とした金子《きんす》が、転がっておるのか。おお、川に流され死ぬかも知れないが、僧が拾っても構わぬとな。……剣呑な銭だのぉ」

「きゅべ？」

若だんなが、重い小遣いの袋を受け取ると、何かの時には、僧もその小遣いを頼りにすると、寛朝が勝手を言う。それから早々に長崎屋の皆を、広徳寺の奥にある院へと誘った。

広徳寺には、様々な者達が持て余した物騒な品を置いてある部屋がある。場久は堂宇を歩きつつ、箱の底にある妖の影と悪夢には、繋がりがあると思うか、金次達に問うた。

金次、おしろ、屏風のぞきの三人は、目を見合わせてから、揃って頷いた。

「蔵にあった箱だがね、若だんな達が悪夢の裂け目に落ちた後、壊れてたんだ。ひゃひゃっ、悪夢と影の闇は繋がってて、きっと悪夢が裂けた時、壊れたんだな」

「金次さん、おしろもそう思います。どっちも底は真っ黒で、違いなんて分かりゃしませんし」

もちろん悪夢には、見ている者の夢が湧き上がるから、何時もは暗くない。しかし若だんなが入りこんだ時、悪夢はひたすらの黒一面であった。

若だんなが渡り廊下で、場久達へ問う。

「妖達は真っ黒な影に、出たり入ったりするよね？　皆、迷ったりしないの」

迷わないと、妖達から即答があった。影内と言っても、場久のように夢を陣《じん》とし、あちこちへ行けはせず、迷う余地《よち》がないという。

「あたし達にも、上手く事情を言えませんが。ただ影は、何でも出来る場ではないんですよ」

「きゅい、影、食べられない」

笑った寛朝と秋英は、とある堂宇の前へ行き着くと、鍵を開ける前に、長崎屋の面々を振り返った。そして長崎屋の箱以外に触ってはいけないと、念を押してくる。

「特に鳴家達。いつも勝手をするが、今日は駄目だ。気安く手を出すと、中にいる何かに、ぱくりと食べられてしまうぞ」

いや下手をすれば、三途《さんず》の川へ引き込まれ、地獄へ流されてしまうという。広徳寺の奥に隠されている品は、寛朝と秋英以外は触ることを許していない、剣呑な品々であった。

「そんな品にとっ捕まったら、助けられぬ。覚悟しておくように」

「きゅ、きゅんべーっ」

小鬼達が、懐や袖の中で縮《ちぢ》こまる。戸が開けられると、思ったよりも多くの木箱が、部屋の棚に置かれており、中身は見えなかった。

そして長崎屋の奉公人なら多くが見ていた、四隅を鉄で補強した木箱は、棚の前の床にあった。蓋の一辺に蝶番《ちょうつがい》が付いていて、引き開けることが出来る。

正面側には、鍵が付けられていたが、今、その鍵は吹き飛んで、壊れていた。

「おっ、この箱だ。薬升を入れてたやつ」

慣れているからか、屏風のぞきが躊躇《ためら》いもせずに寄ると、箱を開ける。すると、さっと顔を顰め、振り返って皆を見た。

「この通り、箱の中が大きく割れてるんだよ。以前箱の底は、黒い影になってたんだ。けど今は、その影も見当たらない」

ただの、壊れた木箱にしか見えないと、妖は言う。場久も首を伸ばして箱を見た後、残念そうに溜息を漏らした。

「箱に影が残っていたらと、期待してたんですが」

何しろこの箱は、若だんなが悪夢に落ちた後、壊れていた品なのだ。場久はこの箱からなら、以前の夢の中へ、入り込める気がしていたという。

「悪夢から五年前へ戻る道も、見えるかと考えたんです。何事も、簡単には行きませんね」

若だんなや金次達、寛朝までが箱の中を覗《のぞ》き込んだが、怪しい気配すらしない。皆は仕方なく立ち上がり、箱から目を離した。

するとその時、小鬼が一匹、箱近くへ寄る。鳴きだすと小さな手で、箱を触った。

「鳴家や、どうしたの？」

「きゅい、若だんな、火幻せんせの声」

「えっ？」

若だんなが驚いていると、小鬼は箱の端へよじ登り、身を乗り出して、中へ手を振っている。その内、大きく動き過ぎて、中へ落ちそうになったので、場久が傍らから手を出し、受け止めようとした。

すると、思いもかけない事が、大勢の目の前で起きた。

小鬼はきゅわと鳴いて落ちると、不思議な程ゆっくりと、箱の中へ落ち続けていく。場久が慌てて小鬼の足を掴んだが、その瞬間、場久までが跳ね上がり、一緒に箱内へと落ちて行ったのだ。

「場久、何でっ」

若だんなが伸ばした手は、場久の着物をかすったが、届く事はなかった。秋英が、場久の足を掴もうとしたその時、何故だか寛朝が、弟子の手を掴み、止める。

「寛朝様？」

魂消た顔の秋英が、師を見つめる。寛朝が首を横に振った。

「秋英は、無理をしてはならぬ。妖ではなく、ただの人なのだから」

その時、ばんと大きな音がして、箱の蓋が急に閉まってしまった。

「はっ？　そう大きな箱じゃないのに。場久ときたら、中に入っちまったのか？」

慌てて屏風のぞきが、蓋を開ける。箱は、簡単に開いたものの……中を見て、その場にいた全員が息を呑む事になった。

「場久、どこに行ったの？」

今、若だんなが五年前に戻る為の、一の味方は、悪夢を食う獏だ。だが、どういうからくりなのか、その場久と小鬼が、落ちたはずの箱の内から姿を消していた。

15

以津真天《いつまで》という妖に関わったため、長崎屋の若だんな一太郎《いちたろう》は、五年後の江戸に飛ばされてしまった。

だから、今の江戸で見かけた於《お》りんにも、自分が若だんなだとは、伝えられていない。大久呂屋が於りんの親に、縁談を持ち込んだ件にも、始末を付けられないでいるのだ。

それどころか若だんなは、更なる困りごとさえ抱えてしまった。

薬升を隠していた妖の箱を、広徳寺で検めた時、場久と一匹の小鬼《ばきゅう》が、箱の中へ消えた。若だんなや他の小鬼は、夢の内を動き回れる獏、場久を失い、五年後に取り残されてしまったのだ。

ただ五年後の長崎屋にも、妖達はいる。若だんなは広徳寺の直歳寮《しっすいりょう》の板間で、長崎屋の皆に囲まれ、気丈《きじょう》な言葉を口にした。

「大丈夫だ。私はこれからも頑張るから」

「きゅんい、鳴家《やなり》も食べるの、頑張る」

「今も続いてる長崎屋の難儀は、私が、こしらえたようなものだもの」

自分が行方知れずになった為に、長崎屋は薬升を失い、商いが傾いていた。於りんは家を出る事になり、両親は、江戸から旅に出ねばならない程、困っていた。若だんなはその全てに、答えを出さなくてはいけないのだ。

「それと、一緒に行方知れずになった、火幻《かげん》先生を探さなきゃ」

たとえ若だんなが、五年前への戻り方など、さっぱり分からなくても、だ。会えば火幻は、喜んでくれると思う。

「大変だけど、だからこそ、何としても頑張る。私は長崎屋の、跡取《あとと》りなんだから！」

小鬼達が寺の堂宇で、小さな手を振り上げた。

「きゅい、小鬼は強い。大丈夫っ」

ただ、何やら怖い音が聞こえた途端、小鬼達は若だんなの懐に飛び込んで身を縮めた。寛朝《かんちょう》は苦笑し、預かっている怪異の品から、妙な音が聞こえる事はあるが、大丈夫だと言ってくる。

「若だんな、病がちなのに無理をするでない。いっぺんに全部を片付けようとすると、疲れてしまうぞ。一つずつ、やっていかねば」

若だんなは頷くと、僧や、長崎屋の妖達へ改めて頭を下げた。そして。

顔を上げた時、若だんなは首を傾げた。前に並んだ顔が、いきなり大きく揺《ゆ》れたからだ。熱が上がっていたのか、若だんなは背中からゆっくり、板間へ倒れ込んでいった。

背を打ってしまい、周りから悲鳴が上がる。若だんなは暫く、息をする事も出来なくなっていた。


「きょんげーっ、若だんな、倒れた。地獄へ連れてかれちゃうっ」

「鳴家、落ち着け。そんな所へ行きはしないから」

屏風《びょうぶ》のぞきが怖い声を出し、直歳寮の一間に、急ぎ布団が敷かれた。

寛朝の弟子秋英《しゅうえい》が、寺内から長火鉢や、鉄瓶、湯飲みなどをかき集め、若だんながゆっくり過ごせるようにしてくれた。金次《きんじ》が、薬などを持ってくると言い、長崎屋へ向かう。

残った猫又《ねこまた》のおしろが付喪神の鈴彦姫《すずひこひめ》を呼び、広徳寺で、若だんなの世話を引き受けると決まった。ただ世話係の二人は、長火鉢で薬湯の用意をしながら、揃って首を横に振る。

「若だんなは、五年前も今も、若だんなですねぇ。ええ、おしろにはその意味が、よぅく分かってます。まだ倒れていなかったのが、不思議だったんですよ」

五年も前の、消えた時の姿で、いきなり現れたと思ったら、若だんなは動き回っていたのだ。

「無理が祟《たた》ったんですね。暫く寝てなきゃ駄目でしょう」

鈴彦姫も、おしろの言葉に頷く。

「もっとお薬や食事に、気を配るべきでした。だって五歳若くても、若だんなですから」

妖と関わっている寺だからか、直歳寮には、時々妙な声が聞こえてくるが、これでは眠れないのではと鈴彦姫が心配する。一方屏風のぞきは、佐助《さすけ》が拾ってきた金の袋を覗き込み、毎日広徳寺へ、甘酒を届けて貰おうかと口にした。

「甘酒は、体に良いから買えって、仁吉《にきち》さんが言ってたからな」

佐助が寄越《よこ》した金は、子供の為と言って早くも寛朝が借りたらしく、大分減っている。

「それでも、甘酒くらいは買っても平気だろう」

すると、その時だ。直歳寮の庭に人影が現れたと思ったら、明るい声を掛けてきた。

「若だんな、五年ほど見ていなかったが、江戸へ帰ってきたんだって？　佐助さんの噂《うわさ》を聞いたんで、見舞《みま》いにきたよ」

だが、何と若だんなが、甘酒代に困ってるとは思わなかったと、声は続く。着物姿のおなごが、あっという間に部屋へ入ってきて、屏風のぞきの傍らへ格好良く座った。若だんなは何とか布団から顔を出すと、嬉しげな顔で、寝床の内から挨拶をする。

「けほっ、何と禰々子《ねねこ》さん。お久しぶりです」

河童の大親分の登場に、部屋内がわっと沸く。禰々子は、寝ていてくれと言ってから、若だんなの顔をのぞき込んだ。

「ああ、赤い顔してる。若だんな、会えて何よりだ。けど、やっぱり今日も熱を出してたのか」

久しぶりと言うが、五年くらい短いものだと妖の大親分は言い、行方知れずを気にもしていなかった。ただ、長崎屋は貧乏になったので、広徳寺の世話になってると聞いて、心配していたと禰々子は告げたのだ。

「けふっ、びんぼ？」

「金が無いので、佐助さんが川に入って、銭を拾っていたと聞いたよ」

若だんなに医者を呼ぶためだろうと、禰々子は己の言葉に頷いている。

「泣けるね。佐助さん、若だんなをかわいがってるからね」

「いや、その、河童の大親分殿。長崎屋に、金が無いという訳では……」

寛朝が慌てて口を挟んだが、それで河童達が一肌脱《ぬ》いだと、禰々子が目で合図をする。一の子分杉戸《すぎと》が頷き、己よりも大きな大袋を、板間へどしりと置いた。

「やれやれ、重かったです」

河童達は、佐助一人では金を、大して拾えなかった筈と思い定めていた。

「それで、わたしら河童は、皆で利根川《とねがわ》に潜ったんです」

ここで杉戸が、誇《ほこ》らしげに胸を張った。

「我らは、水辺に暮らす河童ですからね。水の中から金を拾うくらい、お手のものです！」

すると川に潜ると決めた日、禰々子が一つ思いついた。誰が一番川から金粒を拾えるか、河童同士で競《きそ》う事にしたのだ。

「そしたら、です。名誉を求め、荒川《あらかわ》からも、その他の川からも、河童が駆けつけました。利根川の川底から金を拾う件は、大がかりな、河童の勝負の場となりました」

事は俄然《がぜん》盛り上がったと、杉戸は言ってくる。

「するとですね、利根川である坂東太郎《ばんどうたろう》が、一番の者への褒賞《ほうしょう》だと言って、猪牙舟《ちょきぶね》から溢《あふ》れる程沢山の胡瓜《きゅうり》を、届けて下さったんですよ。さすがは大河、坂東太郎は太っ腹です」

胡瓜の多さを見て、河童達は一層張り切り禰々子は満足した。皆、川底の金粒に興味は無かったが、禰々子と一緒に食べる胡瓜は、是非是非欲しかったのだ。近年まれにみる河童の戦いが、繰り広げられたという。

「きゅんい？　きゅうり甘くない」

「それで金が、こんなに沢山集まったんですね」

秋英が呆然としていたが、僧の弟子のつぶやきなど、立派な河童達は気にしなかった。

実は銀粒や銅銭も、それは多く集まった。だが、見舞いの品としては見目が良くないので、そちらは置いてきたという。

「見舞いの品は、金色の方が良いのですか？」

どちらも使えますのにと言う秋英の横で、若だんなは咳《せ》き込みながら笑い出し、寛朝は苦笑を浮かべた。

「どうやら河童達は、楽しいひとときを過ごせたようだ。若だんな、見舞いの金は素直に頂きなさい。その見舞い、広徳寺もたまに使わせて頂こう」

長崎屋の妖達が禰々子ら河童へ、急ぎ感謝を伝え、その太っ腹を褒め称《たた》えると、禰々子達は満足げに頷いている。

「おかげで手下達も、たっぷり胡瓜をかじれて良かったよ」

ここまでは、広徳寺は穏やかだった。

だが、おしろが茶を出した後、その席が急に、妙な具合になった。杉戸達子分が、先程から部屋内で何かの声が、うるさく聞こえていると言ったからだ。これでは若だんなが、眠れぬだろうと言う。

「長崎屋の皆さんも、困ってるでしょう。ならばこの後若だんなを、河童が引き受けてもいいですよ」

禰々子は既に一軒屋敷を持っており、そこへ来てはどうかと、杉戸は考えていた。

「……は？」

「屛風のぞきさん、我ら河童が付いていれば、若だんなは十分休めますよ。もう、金に困る事もないです」

長崎屋の妖達は店へ帰って、働けると言う。

「どうです？　良き案じでしょう？」

途端、今まで笑っていた長崎屋の面々が、眉を吊《つ》り上げた。そして河童へ、その言い方だと、まるで長崎屋の皆が、頼《たよ》りにならないように聞こえると返したのだ。

「若だんなは、長年、長崎屋の妖が守ってきたんだよ。そこを、変える気はないな」

屛風のぞきが言い切ると、横で小鬼達も足を踏ん張り頷いている。若だんなは急いで割って入ろうとしたが、禰々子が悪気無しに、揉めそうな事を言い重ねてくる。

「長崎屋の妖が、守ってきたと言うけどねえ、若だんなは何年も、行方知れずになってたみたいじゃないか。おまけに戻ってきて直ぐ、寝込んじまってるよ」

河童は親切だから、その難儀に手を貸すのだ。

「若だんなの為だもの」

「禰々子親分まで、何を言うんですか。若だんなの具合が悪いのは、五年前から今の江戸へ来て、疲れているからですよ」

「えーっと、おしろさん、五年前って何の事だい？　ほお……若だんなは、ただ行方知れずになったんじゃ、ないんだね。いなくなった日、悪い妖の企《たくら》みで、この五年後の江戸へ飛ばされたって言うのかい」

つまり若だんなは、今の江戸にいるべき人ではないのだ。

「それで長崎屋を離れて、広徳寺へ来ていたのか。納得だ」

ならば益々、河童の力添えが必要だろうと禰々子達が言うので、長崎屋の妖達が顔を顰めた。

呟き込んだ若だんなに代わり、寛朝が話へ割って入る。

「長崎屋の皆、口をひん曲げるでない。禰々子達は若だんなの事を、心配してくれているだけじゃ」

「だからってさ、また若だんなを我らから引き離すなんて、言われたくはないよ」

屏風のぞきが、必要なものは長崎屋が用意するので、金は持って帰って貰ってもいいと、河童達へ金の袋を突き返そうとする。

ところが、大きな袋一杯に入った金は、余りにも重かった。片手では持ち上がらず、両手でも苦しくて、河童へ返せない屏風のぞきが顔を赤くする。すると、こっちも熱が出たのかと、河童達から心配されてしまった。

「なんで、そうなるんだっ」

屏風のぞきが半泣きになった、その時だ。寺の奥から足音が近づいてきたと思ったら、更に声も重なってくる。

「寛朝殿、大変です。大事になりましたぞ」

「あら、この声の主、誰だったかしら」

「鈴彦姫さん、足音は、この部屋へ近づいてるよ。若だんなが江戸へ戻った事は内緒なんだろう？　隠さないと拙かろう」

「禰々子親分、そうでした」

妖らが大急ぎで、若だんなに頭から布団を被せた時、部屋の障子戸《しょうじ》が開く。妖が大勢いるのにも気づかず、強ばった顔で話を始めたのは、広徳寺の僧延真《えんしん》であった。

「寛朝殿、嫌な噂が寺へ届いてきましたぞ。広徳寺へ、よく寄進《きしん》をしてくれていた長崎屋が、大変です」

「長崎屋が？」

部屋内の皆の目が集まると、延真は何の集まりかと、妖達へ目を向ける。だが直ぐ、大事を語り出した。

「大久呂屋が、長崎屋の薬升を奪ったと噂されている事は、知ってますよね」

あの噂の後、大久呂屋の荷を乗せた舟が沈み、長崎屋の呪いのせいだと大久呂屋は腹を立てていた。あの時大久呂屋は、両替商から嫁をもらい、持参金で店を立て直したが、今も怒っているようなのだ。

「長崎屋の藤兵衛《とうべえ》さんがいない間に、大久呂屋は長崎屋へ、合戦《かっせん》を仕掛けるみたいです」

「商人が合戦って、どういう事なのかな。鉄砲でも撃つ気かい？」

今日はおなごの姿になっている禰々子が、落ち着いた顔で問う。延真は、檀家《だんか》から剣呑な話が伝わってきたと口にした。

「大久呂屋は長崎屋の近くに、もう一つ、店を開くようです。そして」

その新店で、元値を大きく割る程、薬を安く売り、根こそぎ客を奪って、長崎屋を追い払う気なのだ。

「周りから盗人のように言われるのが、我慢出来ないと言っていたようです。長崎屋に消えて欲しいのでしょう」

話は既に動き出していて、大久呂屋は上方で安売り用の薬種を大量に買ったらしい。懲《こ》りずにまた船で運んでいると、延真は寛朝へ語った。

「このままでは、何度も金を用立ててくれた、恩のある長崎屋が潰れてしまいます。寛朝殿、どうなされますか？」

「どうするかと言われても、な」

寛朝は、言葉に詰まっている。そもそも大店同士の争いで、僧が片方の味方をするなど、やって良いことではないのだ。

ここで禰々子が、笑うように言った。

「寛朝様ときたら、使えないねえ」

金を貰う事だけ上手いのでは、高僧とは言えないと禰々子が言いだし、長崎屋の妖達も頷いている。猫又のおしろが、怖いような笑みと共に寛朝を見たので、寛朝は溜息を漏らし、寝床の若だんなは眉尻を下げた。

「とにかく、大久呂屋と戦う方法を考えるよ」

寝込んでしまったら、もう考える事しかできない。若だんなは布団の内で、必死に頭を働かせた。

(大久呂屋と長崎屋が戦いに入ったら。おとっつぁんも、おっかさんもいない長崎屋が、無事でいられるとは思えないな)

兄や達は、長崎屋より若だんなを大事にしている。だから、いざとなったら荼枳尼天《だきにてん》様の庭へ避難《ひなん》しようと言い出す気がする。

(こんなに大事な時、寝付いている自分が嫌だ)

若だんなは寝床の内で、歯を食いしばった。

16

延真はじき他の僧に呼ばれて、直歳寮から消えた。若だんなは、布団の内から頭を出す事が出来た。

板間に集っていた皆は、これからどうするべきか話を始める。ただ客の河童も妖達も、直ぐには名案をひねり出せずにいた。

若だんなは何とか布団の上に身を起こすと、直歳寮の皆へ、一つ決めたと告げる。妖達が、目を見開いて見てきたので、布団に埋もれつつ考えた、心づもりを語った。

「私は五年後に、迷い込んだ。そこで、自分の作った薬升が、大問題を起こしていると知ったんだ」

升のせいで長崎屋には、大久呂屋との戦いが迫っている。今回は別の手を使って、大久呂屋の安売りをしのぐ事も、出来るかもしれないが、しかし。

「半端《はんぱ》な事をやると、騒ぎが繰《く》り返される気がする」

ならば、若だんながやるべきことは一つであった。

「薬升を、大久呂屋から取り戻そうと思う」

薬升が奪われた為に起きた悩み事を、きっちり終わらせねばならない。若だんなは己が動こうと、心を決めたのだ。

ところが。驚いた事に、長崎屋の妖達や禰々子は、若だんなへ、否と言ったのだ。

「えっ、駄目なの？」

「熱があってもなくても、若だんなは、大久呂屋へ行っちゃ駄目ですよ」

薬升の事が気になるなら、妖が手に入れる方法を考えると、おしろが言い、他の皆も頷いている。

「若だんなを戦いに出したら、あたしらが兄やさん達に、ぺしゃんこにされちゃいます」

寛朝まで若だんなに、大人しくしていなさいと言ってくる。いつ五年前へ帰るか分からないから、若だんなは妖や僧以外に、帰宅を告げていない。ならば大久呂屋にも、正体《しょうたい》を知られてはいけない筈だと言うのだ。

「なのに、己から大久呂屋に近づいて、どうするのだ。話はあっという間に広まって、長崎屋の両親に、知らせが行くぞ」

「そこは……考えていませんでした」

「きゅんい？」

するると杉戸達河童が傍らから、あっけらかんと語った。

「こう言っちゃなんですけど、止める必要もないんじゃありませんか？　若だんなは熱を出してます。出かけたら直ぐ倒れますって」

「……そうですね、大久呂屋まで行き着けないでしょうね」

皆が納得して、若だんなは落ち込んだ。妖や僧達は、何か打つ手がないものかと、若だんなを置き去りにして考え始める。

最初に、鈴彦姫が話した思いつきは、あっさりしたものだった。

「あの、長崎屋には妖がいますから、簡単な話だと思うんですけど。大久呂屋新店は薬種屋でしょうから、そこで薬升を使います」

もちろん薬升は、新店に置かれるはずだ。

「大久呂屋の新店へ影内から入って、薬升を取り返せばいいと思います」

新店の近くから影に入れれば大丈夫と、言ったのだ。しかしこの考えに、屏風のぞきは頷かない。

「影内から薬升を取り戻すってぇのは、良い案だと思うよ。でも大久呂屋は薬升を、見つかりにくい所へ隠してると思うぞ」

おしろは長崎屋の家作である一軒家に住み、屏風のぞきは長崎屋の奉公人だ。大久呂屋の中で薬升を探し回って、奉公人に姿を見られたら、盗人だと言われてしまう。

「もし薬升を取り戻しに行くんなら、あらかじめ在処《ありか》を摑んでなきゃ、無理だと思う」

簡単な話なら、妖達がこの五年の内に取り戻していると、屏風のぞきは言ったのだ。

「問題はどうやって薬升の在処を、掴むかだよね」

妖らはしばし黙ってしまう。すると禰々子がふいに、そろそろ帰ると言い出した。

「上野から利根川までは、結構離れてるからね。早めに広徳寺を出ようと思うんだ」

「これは気がつきませんで。けほっ、今日はお見舞い、本当にありがとうございました」

半身を起こした若だんなが真っ先に礼を言い、後はこちらが何とかするからと、長崎屋の面々が語る。人に化けた河童達は、妖らや僧達に丁寧《ていねい》に見送られ、境内から出た。

ただ門前の道を歩み、周りに長崎屋の者達がいなくなると、禰々子は人混みの中で、手下達へ楽しげに語り出した。

「杉戸、若だんなの手柄《てがら》に出来ないんで、寺内では言わなかったけどね。大久呂屋ってぇ盗人の商人、根性《こんじょう》が悪そうだ。あたし達河童が若だんなに代わって、薬升を取り戻した方が、事が早いんじゃないかな」

途端、河童達が揃って頷く。

「姉さん、そりゃご立派な考えですよ。長崎屋の若だんなときたら、目の前に災難が迫ってる時に、寝込んでるんですから」

放っておいたら、長崎屋を潰されてしまう。せっかく江戸へ戻ったというのに、そんな事になったら、両親が戻る前に、若だんなの心の臓が止まりかねなかった。

「我ら河童と付き合いの深い、若だんなが亡くなる事になったら、余りに残念です。力を貸しましょう」

何しろ河童は利口で義理《ぎり》堅《がた》く、素晴らしい者達なのだから。しかも泳ぎまで上手かった。

「特に禰々子姉さんは、その河童の内でも一番です。ええ、我らが姉さんの立派な所を、若だんな達に見せてあげるべきでしょう」

ただ……ここで手下達は、首を傾げる。

「でも姉さん、我らはどうやったら、大久呂屋から薬升を取り戻せるんでしょうか。あの、やり方が、さっぱり分かりませんが」

禰々子はにやっと笑うと、道の端から、大戸を下ろしている近くの店へ目を向けた。そして大久呂屋が、長崎屋の近くに、もう一つ店を開くとしたら、ああいう店を手に入れるだろうと、手下達へ話した。長崎屋の近くに、空いている大店があるはずなのだ。

「ふふ、あたしは良い案を思い付いたんだ。たまたまあたし達の手には今、大枚《たいまい》があるだろう？」

川で拾った銭のことだと言うと、河童達は目を見開いている。

「あの、ちっとも綺麗じゃない、お金のことですね。ええ、金粒の何倍も、我らの手元にありますが」

禰々子は頷くと、川内で錆《さ》び、見目の悪い銀や銅も、人相手には使いでがあると言ったのだ。

「へえ、人の好みは変わってるんですね。姉さん、それでどうやったら、いけ好かない盗人の商人を、やっつけられますか？」

河童達は、長崎屋の妖達では思い付かない、素晴らしい考えを語る禰々子を、うっとりと見つめる。関東の河童をまとめる大親分は、笑って考えを披露《ひろう》していった。

17

広徳寺の高僧寛朝は、直歳寮での話し合いが終わると、時を見つけ大久呂屋の新店を訪ねることにした。薬升の在処を探す役目を、妖達が寛朝へ押っつけたからだ。

高僧である寛朝が、話があると言って訪ねれば、大久呂屋も、店から追い払いはすまいと妖達は考えた。店内に入り、升の在処を探ってくれと言ったのだ。

「寛朝様、お金をまた借りるなら、力を貸して下さい」

鈴彦姫からそう言われて、寛朝は嫌だと言えなくなった。河童達が帰ると直ぐ、寛朝は、直歳寮の大戸が壊れているのを思い出した。それで若だんなからまた、片手にひとすくい分の金を借りたのだ。

弟子の秋英が、寝ている若だんなへ頭を下げる。

「済みません、寺はちゃんと、戸を直す銭を用意してくれていたのです。けれど我が師はそれを、病人の薬代に使ってしまって」

大戸は半分壊れていて、早く直せと寺からせっつかれているらしい。それを聞いた屛風のぞきはにっと笑い、寛朝が薬升の在処を突き止めれば、きっと若だんなは感謝して、借りた金を棒引きしてくれると言った。

鈴彦姫も頷く。

「大久呂屋へのお供《とも》に、長崎屋から小坊主さんを一人付けましょうね。秋英さんは、お供出来ないでしょうし」

「えっ、私は師と一緒に出掛けますよ。師僧一人にしておくと、何かとんでもない事をなさりそうで、心配ですから」

秋英が急ぎ言ったが、若だんなが、咳をしながら首を横に振る。

「秋英さんまで寺を留守にしたら……こほっ、広徳寺が困ります。妖の困りごとが持ち込まれた時、手が打てなくなり……ごほごほっ」

心配は無用と寛朝も言い、秋英は寺に居るべしと決める。すると突然、初めて見る顔の小坊主が板間に現れ、己は寛朝のお供だと告げた。

「寛朝様、直ぐに大久呂屋へ行きますか?」

寛朝は息を吐き出し、苦笑を浮かべる。

「ううむ、あっという間に、大久呂屋へ行く用意が調《ととの》ったか。気が重いが……まあ、私の役目は、薬升の置いてある場所を探ることのみだ。何とかなるだろう」

妖達は笑ったが、若だんなは眉を顰め、布団から顔を出すと寛朝へ目を向けた。

「けほっ、でも寛朝様、ごほごほっ、一つ、心配が……」

若だんなは語ろうと焦ったが、ますます咳が続く。寛朝は、大丈夫だから大人しく寝ていろと言って立ち上がり、お供の小坊主を従えて直歳寮を出ていってしまった。

若だんなは咳を続けつつ、しばし遠ざかる足音を聞いていた。だが、やっと治まって妖達の方を向くと、心配事を思い付いたと訴える。

「けほけほっ、気にかかる事が、げほっ、あるんだ。こんっ、薬升の事だけど」

若だんなは、寛朝が心配なのだ。薬升を長崎屋から盗んだ大久呂屋は、反対に己から盗む者が現れるかもと、猜疑心《さいぎしん》を抱いている筈であった。

「げふっ、だから……薬升を簡単には持ち去れないように、げふっ、じでるがも知れない」

山と咳を挟んだにもかかわらず、妖達は若だんなの言葉を、間違えずに聞き取った。屏風のぞきなど、大久呂屋は嫌な奴だから、寛朝を大いに困らせそうだと言う。

「長崎屋は広徳寺と、縁が深いもんな。大久呂屋だって、そのことは知ってるだろ」

店に入った途端、寛朝様がどんな扱いを受けるか分からない。

だが、妖達の返事は軽かった。

「お供が付いてるんだ。大丈夫じゃないか？」

「きゅいきゅい」

「屏風のぞき、小坊主さんが付いてるからって、大久呂屋が、げふっ、ごほっ、遠慮すると思うの？」

「ふっふ、無理かねえ。でも若だんな、寛朝様は高僧だ。頑張ってくれるさ」

若だんなは更に咳き込み、鈴彦姫と屏風のぞきが慌ててもう一枚、綿入れの羽織《はおり》を着せかけてきた。

「若だんな、ゆっくり休んでて下さい。大久呂屋は、あたし達に任せて」

「でも、今度だけは、私が何とか、げほっ、けほっ……こんこんっ、あのっ、げふげふげふっ」

すると屏風のぞきが薬を用意して、布団の傍らに置いた。

「若だんなの為に、仁吉さんから、特別な一服を預かってたんだ。この一服なら、直ぐ咳なんか治まるよ」

でも飲めと勧めることはできない。何しろ、自分が飲む事など考えられない程、濃い薬湯だからと妖は言う。若だんなは薬湯を見て、まるで粥《かゆ》のようだと言ったところ、屛風のぞきや小鬼が、飲むと言うより食べる薬だねと、恐ろしい事を言った。

「ここまで薬湯を濃く作れるっていうのも、一種の才だよな。薬種問屋長崎屋は、無くしちゃいけない名店だってこった」

食べるのをしばし躊躇った後、若だんなは口に、兄やの薬を放り込んだ。思った以上にもの凄い味わいの妙薬は、今日も若だんなを立ち上がらせてくれたものの、吐《は》きそうになる。若だんなは厠《かわや》へ行くと言い、目と鼻の先だからと、妖の付き添いも断った。

ただ、それでも小鬼達は、若だんなの袖内に入ってくる。

「とにかく立てた。私は、こほっ、これから何が出来るかしら」

暖かい羽織を肩に掛け、小鬼達に着物の裾《すそ》を引かれつつ、外廊下へ踏み出す。

横手にある寺の木戸へ、そっと目を向けた。

18

禰々子と河童達は、舟で長崎屋のある通町へ向かうと、町名主《なぬし》を訪ね、下総国《しもうさのくに》の者だと名乗る。江戸で地面や店を買い、大家になりたい。町名主に力を貸して欲しいと言ったのだ。

「実は先日、通町にある長崎屋の近くに、大戸を下ろしている良い店を見かけました。是非、あの店を買いたいのです」

そして町名主に、売主を呼んできて欲しいと願った。禰々子達は買った店を、空き店を探している大久呂屋へ、売り込むつもりなのだ。そして大家として大久呂屋へ通い、堂々と薬升を探そうと、手下達と話していた。

「大真面目です。でなければ、こんな大枚を、こちらのお屋敷に、持ち込んだりしませんよ」

町名主は、会った事もない相手から、急な話を持ちかけられ、目を茶碗のように大きくしていた。しかし手下の杉戸が、銀や銅の入った大袋を幾つも並べると、本気の話だと了解はしてくれる。

「おお、こりゃ凄い。銭の山だ」

「現物の金で払えば、店を売る側は、偽の為替《かわせ》などを掴まされる心配がないですから」

町名主は、深く頷いた。

「土地の権利を示す沽券《こけん》の売買には、町名主が間に入らねばならない決まりです。ええ、店の持ち主ではなく、まず町名主の屋敷へおいでになったのは、良いお考えでした」

杉戸は大いに胸を張った。

「なら、決まりですか？　ですよね？」

後は家主が、禰々子達へ売ると言い、店の持ち主を示す新たな沽券を貰えば、店の売買は終わる。河童達はそう言い、目を輝かせ、町名主を見た。

ところが。ここで町名主は、河童達に茶を勧めた後、ゆったりと首を横に振ったのだ。

「えっ？　駄目なんですか？　何でですか」

多くの河童達に見つめられ、町名主は一寸、顔を強ばらせた後、優しく告げてくる。

「あの通町の店ですが、良い場所にあります。先日、深川《ふかがわ》の海に近い方の家々が、風津波《かぜつなみ》でやられたでしょう？　大店も被害にあったから、被災した深川を離れ、通町で店を借りたい、買いたいという話が、幾つも重なったんですよ」

申し込みが多かったので、売主は揉めないよう、真っ先に話を持ち込んできた相手に、貸すことにしたのだ。実は話が決まってから、もう大分経っていると町名主は続けた。

「店の借り手は、大久呂屋さんという薬種屋さんで、いずれ次男の分家にするおつもりとか。二軒目の商いが上手くいったら、その内、店を買いたいともおっしゃってました」

西からの荷が遅れていて、新しい店の大戸はまだ閉まっている。だが大久呂屋は既に、賃料を払っているらしい。

「新店の蔵にも何か、運び込んでいました。別に荷があるなら、早く店を開けたらいいのにと思ったもんです」

とにかく、店は既に大久呂屋が借りており、禰々子達が欲しいと思っても買えないのだ。他の店を探してくれと言った後、町名主は更に言葉を重ねた。

「あのですね、これは余分な話かも知れませんが」

もし下総から出て来て、江戸の土地、建物で儲《もう》けるつもりなら、目抜き通りの大店ではなく、小さい店がいいという。

「大店を買ったり借りたりする客は、いつもはもっと少ないんですよ」

町名主にそう言われると、杉戸達は泣きそうになった。店が買えなかった上、取られた相手が大久呂屋だったからだ。これでは他の店を買っても、大久呂屋は借りに来ない。

だが禰々子は、町名主への礼を口にした。

「あたし達を、心配して下さったんですね。いきなり訪ねてきた余所の者なのに、ありがたい事です」

時間を取らせて申し訳なかったと言い、禰々子が銀を幾らか町へ寄進すると、町名主は真面目な話だったからと、柔らかく笑った。

「最初皆さんが、平気で大枚を見せるんで、驚きました。盗人の一団が目くらましの為に、通町の大店を買おうとしてるんじゃないかって、一瞬、疑っちまいました」

「あらま、あたしらは盗人ですか」

「ははは、済みません、妙な事を言って」

町名主は何軒か、近所で空いている店のことを教えてくれ、禰々子達は礼を言って、屋敷から帰る事になった。

一歩、表通りへ出れば、賑やかな通町には数多の人が行き交っている。明るい声で話す人達の間から、買いそびれた店の方へ目を向け、杉戸が溜息をついた。

「ああ、まさか大久呂屋に、先を越されるとは、思いませんでした」

禰々子がせっかく、長崎屋を格好良く助けようとしているのに、これでは大久呂屋をやっつけられないと、杉戸は情けなさそうな顔になる。この分では、禰々子と祝いの胡瓜を食べる日は、暫く来ないと嘆いたのだ。

「大丈夫だよ、また何か手が見つかるさ」

しかし、手下達がしょんぼりしているのを見て、禰々子は、大通りで見かけた茶屋へ皆を誘い、団子などを勧めた。

するとここで、床几の端に座った若手、河童の銀杏《いちょう》が、思わぬ事を言い出した。河童は、嘆く事はないかも知れないと言うのだ。

「はて銀杏、どうしてそう思うんだい？」

禰々子が明るく問うと、若い銀杏は団子を一口で全部食べてから、考えを語った。

「ええ、通町の店はとうに、大久呂屋へ貸し出されてました。でも、です。町名主さん、面白い事も教えてくれましたよ」

大久呂屋が、新しく借りた店の蔵へ、何か運び込んでいたと言ったのだ。

「でもまだ西からの薬種の荷は、届いていないとも、言ってましたよね？」

銀杏は最初、大久呂屋が蔵に何を入れたのか、さっぱり分からなかったという。

「おや、その言い方だと、今、銀杏は分かってるのかい？」

杉戸に問われると、銀杏は目を煌《きら》めかせつつ笑った。すると禰々子は銀杏へ、話すのはちょっと待てと言って止め、他の河童達へ顔を向ける。それから、大久呂屋が蔵に何を入れたと思うか、茶屋にいる河童達に考えを問うたのだ。

「当たった河童には後で、瓜を届けよう。頑張って考えな」

すると、しおれていた河童達が、張り切って答え出した。

「柏《かしわ》が答えます。大久呂屋は長崎屋相手に、薬の安売りを始める気なんです。袋とか薬研とか、色々入り用ですよね。それを蔵に入れたんだと思います」

「鶫《つぐみ》は、別の考えです。薬草のお代を、蔵に入れたんだと考えます」

大久呂屋は薬の大安売りで、長崎屋を潰す気なのだ。なら、相当多くの薬種を買わねばならないだろうし、払う金も高額だろう。大久呂屋が既に、盗人に目を付けられていても、不思議ではない。だから、二軒目の店の蔵に金を隠したと、鶫は考えた。

「新店の蔵に金があると、噂を流してやりたいですね。盗人は喜んで盗みに行きますよ」

一方、老梅《ろうばい》という河童の考えは変わっていた。蔵に入ったのは、荷ではないはずと言ったのだ。

「新しい店にゃ、まだ何もないしねえ。だからとりあえず奉公人が蔵で暮らして、店の中を整えてるんだと思いやす」

どの話も、ありそうではあったが、確かではない。河童達は首を傾げ、禰々子はここで、銀杏の方へ目を向けた。

「さて銀杏は、どう考えてるのかな？」

河童達が揃って、若い河童に目を向ける。銀杏は禰々子を見て、自信ありげに語った。

「あたしも、大久呂屋は借りてる蔵に、まずは、大事なものを入れたんだと思います。薬種の代金を入れたという考えは、鋭《するど》いな」

だが大久呂屋には今、金より大事な物がある。銀杏は直ぐに思い付いたと言う。

「大久呂屋は、それを手に入れたから、大儲け出来ました。その品を手放したくないから、本当の持ち主、長崎屋を潰して、通町から追っ払いたいんだと思います」

そこまで話が進むと、河童達は互いに目を見交わした。じき、多くの河童が頷き、禰々子もにやりと笑う。それから、その大事な品の名をはっきりと口にした。

「そうか、大久呂屋は新しい店の蔵に、若だんなが作った、長崎屋の薬升を隠してる。銀杏は、そう思ってるんだね」

銀杏が頷く。そして、瓜を誰に届けるか決める為に、大久呂屋の蔵へ行って、何が入っているか、確かめたいと言い出した。

「幸いな事に、あたしらは妖です。だから、近くからなら蔵の影内へ入れますし」

薬升や金が今、蔵にあるかどうかを、己の目で確かめられるのだ。そして河童は大勢いるから、新しい店内を、一気に調べられる。

「この銀杏が言った通り、薬升が蔵にあった場合ですがね」

河童が活躍すべき時ではないかと、銀杏は言い出した。

「薬升の持ち主は、長崎屋さんです。もし大久呂屋の蔵に、薬升があるとしたら、それは間違ってます。あたしらがその薬升を持ち出して、長崎屋へ返すべきかと思います」

きっぱり銀杏が言うと、床几に座っていた河童達は、目を煌めかせて頷いた。

「薬升を取り戻せるなら、大きくて金が掛かって、しかも余所者には買いづらい通町の大店は、そもそも要りませんね」

買えなかったことは、却《かえ》って幸いになるのだ。

ただ、一の手下である杉戸は、破《は》天荒《てんこう》な親分を抱えているためか、きちんとした性分であった。それで、己で蔵から薬升を取り戻せなかった事を、若だんなが気にするのではと、そこを心配し始めた。

ここで鶫も隣から、別の気がかりを口にした。新しい蔵から薬升が消えたら、大久呂屋はまず、長崎屋を疑うと言うのだ。

「薬升は、元々長崎屋のものです。でも」

大久呂屋の蔵にある薬升は、この五年、大久呂屋が使っている。図々《ずうずう》しい輩だから、大久呂屋の品を長崎屋が盗んだと、大嘘を言いかねないと言う。

禰々子が腕を組み、悩む事になった。

「あたし達河童が、薬升を取り戻した事で、長崎屋さんに迷惑をかけちゃいけないね。さて、どういうやり方をしたら、長崎屋に無事に、薬升を返せるかな」

河童達は茶屋で、また多くの考えを出した。

「長崎屋は、底に影を貼った箱に、薬升を隠してました。我らも同じような箱を作って升を入れ、箱ごと長崎屋へ渡せばいいのでは？」

河童は、沢山の考えを思い付いて、偉いと、互いを褒めあう。こんなに素晴らしい事を考えつくのは、河童だけにちがいなかった。

「きっとこの後、姉さんから褒美《ほうび》の瓜をいただき、皆で食べる事になります」

「そうだね、ならばまず、薬升を入れる新しい箱を買って、底に影を貼り付けよう。長崎屋の壊れた箱の事を思い出した皆は、素晴らしいよ」

河童達は茶屋を離れた後、買い物をする為、店へ向かった。それから店の土間で、箱の影を作った後、薬升を手に入れる為、大久呂屋へ歩を進めた。

19

寛朝は、上野から大久呂屋の新店へ向かう道の途中、いささか首を傾げていた。

長崎屋に喧嘩を仕掛ける為、大久呂屋は、西から大量の薬種を仕入れると聞いた。本気で長崎屋と戦う気の、薬種屋なのだ。

だから寛朝は大久呂屋を、呉服《ごふく》を売る越後《えちご》屋のごとき、とんでもない大店だと思っていた。町の角から角まで、一つの店が占めているような広さを考えていた。

ところが、本物の大久呂屋を見た途端、寛朝はぼやく事になった。

「おやおや。考えていたのとは、いささか違う店だのぉ」

賑やかな大通りの先に見えてきた大久呂屋は、廻船問屋兼薬種問屋、長崎屋の半分もない店だったのだ。

若だんなが無事店にいて、藤兵衛は息子の安否《あんぴ》に気を取られる事もなかったら、薬升を盗られても、長崎屋は商いで勝っていた気がすると、寛朝はつぶやく。

ただ大久呂屋の新店は小店ではなく、少し離れた道からも、店の大きな蔵が見えた。

「もしあの蔵に薬升を隠してあるなら、探すのは難儀だな。この寛朝は、客として行くのだ。蔵へ入るのは無理だぞ」

寛朝が道端で思わずこぼすと、付いてきた小坊主が、傍らで小さく笑った。

「寛朝様、私が影内から、蔵の中を調べますから大丈夫です。寛朝様は新店の中で、話でもしてて下さい」

振り売りや侍の行き交う道で、寛朝は小坊主にしか見えない姿へ、小さく首を振った。

「小坊主の正体はおしろか。妖だと承知してはおったが、誰なのかまでは分からなんだ。猫又は、化けるのが上手いのぉ」

猫又であれば当たり前だと、おしろは得意げに言った。

「だから寛朝様は、大久呂屋新店へ行ったら、思い切り怪《あや》しげに振る舞って下さい」

店の者が不安になって、薬升が無事か、確かめたくなるようにして欲しいわけだ。

「誰かが隠し場所へ、行かなくてもいいんです。例えば、蔵へ目を向けてくれれば、大いに助かります」

大体の場所さえ分かれば、夜の間に長崎屋の妖達と、薬升を探しに行くつもりなのだ。

「だから緊張しないで下さいね。大丈夫、寛朝様が力を貸して下されば、上手くいきます」

「はは、励《はげ》まされたか。うん、やってみよう」

二人は、これからの段取りなど話しつつ、目当ての店へ向かった。おしろは寛朝の傍らで、もっと早く、薬升を取り戻しに行けば良かったと口にする。

「薬升が無くなってから、随分時はあったんです。あたし達はどうして今まで、大久呂屋とぶつからなかったのかしら」

無茶をするなとは言われていたが、大久呂屋は怪しかった。

「そっと、店内を探してみれば良かったのに」

寛朝は歩みつつ笑って、若だんなが長崎屋へ帰って来なければ、事は動かなかったのだろうと言った。

「若だんなが広徳寺に来なければ、佐助が心配して、川から金を拾う事はなかった。佐助が動かなければ、禰々子達河童が、大枚を広徳寺へ持ち込む事もなかった」

となると寛朝が金欲しさに、こうして大久呂屋へ行く事も、あり得なかったわけだ。年寄りの薬代と、あと二人の赤子を養子に出す金。今回はどうしても、その金を用意せねばならないから、弟子の秋英も無茶を見逃してくれたと、寛朝は続ける。

「うむ、やはり長崎屋には、若だんなが必要なのだな。今回、よぅく分かった」

おしろは明るい顔で頷いたが、直ぐに、病の若だんなが広徳寺で、大人しく寝ていてくれれば良いがと、心配げに付け足した。

「例えば今回若だんなは、高僧である寛朝様に薬升探しを押っつけるなど、やってはならなかったと思うかも知れません。だから自分も大久呂屋の新店へ行って、薬升の在処を先に探そう。そんな事を、思いつきかねないんです」

寛朝は首を傾げ、新店は、広徳寺から大分離れているから、大丈夫だろうと言ってみた。だが小坊主姿のおしろは首を横に振る。

「若だんなは時々突然、無理と無茶が合わさったことをするんです。五年前、消えた事もそうでした。あたし達妖は心配で、胸がきゅうっとなったんですよ」

若だんなは、妖や周りには気を配る。親や於りんを案じる。だが己への心配が、ぽかりと抜けてしまうのだ。

「若だんなは、幼《おさな》い頃からそういう性分だって、屏風のぞきが言ってました」

とても素直なのに、どうしてそんな話になるのか分からないと、おしろは続ける。

「若だんならしい話だのぉ」

そう言ってから、寛朝は不安を覚えた。おしろも眉尻を下げ、二人は目を見合わせる。

「まさかこの後、病の若だんなと、ばったり会ったりしませんよね？」

「若だんなは病でふらふらだ。大久呂屋で見つかったら、捕まってしまうかも知れぬぞ」

そもそも通町まで来たら、若だんなは病を重くし、本当に倒れてしまうだろう。五年前へ戻るのではなく、今日、あの世へ去ってしまいかねない。妖達は魂消、無茶と無謀、喧嘩と合戦が始まり、江戸はいよいよ最後の時にいたるわけだ。

「おしろ、急いで薬升の在処を探し、なるだけ早く、広徳寺へ帰るようにしよう」

万一若だんなを見つけたら、薬升より若だんなを守るのが先だと、寛朝が言い切った。おしろと二人で、直ぐに広徳寺へ連れて帰るのだ。

「はいっ、分かりましたっ」

ただ、若だんなが他出したかどうかも分からない今、次に何をしたらいいか、見極めることも難しい。

「若だんなは表に出たら、大久呂屋の新店へ来る筈だ。我らは予定を変えぬ方が良かろう」

高僧と猫又は、とにかく薬升を求め、新店へと突き進んでいった。

20

寛朝とおしろが訪ねた所、己の気持ちに正直な大久呂屋の者達は、分かりやすく、不機嫌な顔を高僧へ向けてきた。出来たら己に嘘をつかず、高僧を門前払いにしたかったのだろう。

しかしだ。広徳寺は江戸でも知られた寺であり、その力も強い。その上、江戸で妖退治が出来る僧は、寛朝と、寛永寺《かんえいじ》の御坊寿真《ごぼうじゅしん》しかいないとされているのだ。

寛朝は、妖がほっつき歩く江戸で生きていくなら、喧嘩をしてはいけない相手であった。

大久呂屋の奉公人は仕方なく、高僧と小坊主を店奥へ招き入れた。すると僧衣が二つ、暖簾の内へ消えたのを、表の道の端から、しっかり見ていた者達がいた。河童達だ。

「おやおや、禰々子姉さん、寛朝様と同道しているあの小坊主さんは、長崎屋の猫又、おしろさんですよ」

つまり僧衣の二人は大久呂屋の新店へ、薬升の在処を探しに来たと思われた。

しかし残念ながら、長崎屋の大事な薬升は、既に、大久呂屋が借りた新しい大久呂屋にはなかった。

何故なら禰々子達は、既に影内から、新しい大久呂屋の蔵へ入りこみ、薬升を持ち出していたからだ。

禰々子は華やかに笑った。

「寛朝様達が、大久呂屋へ入る所を見かけるなんて、あたしらは幸運だ。これで薬升を返す為、広徳寺へ行かずに済むよ。それにさ」

大久呂屋新店から、勝手に薬升を持ち出せば、盗人呼ばわりされかねない。だが。

「店にあった物を、大久呂屋の店内で箱に移したって、罪にはならないわな」

「はいはい姉さん、薬升入りの箱を大久呂屋の店内へ転がすくらい、河童なら簡単です」

杉戸と手下達が大きく頷いた。だが手下達は、その先が分からないとも言った。

「大久呂屋へ薬升入りの箱を転がしたら、何か良いことがあるんですか？」

「杉戸、寛朝様は、新店へ入った。我らが薬升を、新店の客間にでも転がしたら、どうなると思う？」

「部屋に招き入れられた寛朝様が、見つけると思います」

そして高僧なら見つけた薬升を、長崎屋の薬升だと見抜いてくれるだろう。もし大久呂屋が、自分のものだと言って揉めたら、寛朝はきちんと奉行所《ぶぎょうしょ》へ届け、調べて貰う筈だ。

「薬升を作った職人が、どこかにいる筈だよ。大久呂屋は、自分の盗みが露見《ろけん》するのを、嫌がるだろうね」

つまり薬升の件から、手を引くしかなくなる。升は長崎屋へ戻るのだ。

「何と、凄いやり方です。そういう方法を取れば、河童はそっと力を貸せますね」

薬升入りの箱を持ち抱えている杉戸が、嬉しげに笑う。他の河童達は、感激した面持ちで禰々子へ目を向け、自分達の頭は真に立派なものだと、褒め言葉を山と並べた。

「長崎屋へのお気遣い、素晴らしいです。お優しいです。姉さん、日の本中の妖達が、姉さんの名を称えますよ」

「はは、止しておくれ」

禰々子は機嫌良く言い、では早々に大久呂屋の内へ、箱を放り込みに行こうと、手下達と店の方へ歩んで行く。

ところがその時、河童の一行は足を止めた。後ろから突然、声を掛けられたからだ。

「姉さん、ちょいとそこの、粋《いき》で綺麗な姉さん、止まってくんな」

至って真っ当な言葉をかけられたので、禰々子を始め河童達は、賑やかな道で立ち止まった。振り返ると、どこかで見たような岡《おか》っ引《び》きが、禰々子へ目を向けていた。

「おや親分さん、確か長崎屋へも出入りしてる、日限《ひぎり》の親分だよね。何か用かな？」

親分は、名を知ってくれてたかと笑ってから、側へ寄ってくる。

「実はね、つい先ほど、大久呂屋さんが借りた新しい店で、騒ぎがあったんだ。それでおれが呼ばれたんだな」

まだ大戸は開けていないが、大久呂屋は新店を借りて、荷も注文している。人数は少ないが、新店には奉公人もいて、妙な音がしたのを耳にし、蔵へ駆けつけたのだ。

「そうしたらさ、薬を作るのに使う大事な升が、蔵から盗まれてたって言うんだ。長崎屋さんが作った升を真似《まね》してこしらえた、大事な薬升だそうだ」

「へええっ、大久呂屋には、長崎屋の薬升と、似た升があったんですね」

大久呂屋は堂々と、新店の蔵にあった薬升は、己の店のものだと言ったらしい。つまり禰々子達が、奪い返した升を長崎屋へ返していたら、やはり一悶着《ひともんちゃく》起きていたのだ。

「手下の心配は、当たってたね。いや、根性の曲がった商人が、いたもんだよ」

つぶやいた禰々子が口元をひん曲げると、日限の親分は、杉戸が持っている河童の箱へ目を向ける。杉戸を見つめる様子が、いささか厳しかった。

「ところで姉さん達、この辺りじゃ見ない顔だが、買い物にでも来たのかい？　おや、家や地面を買う気で、江戸へ来たのか。おなごながら、お大尽《だいじん》だね」

日限の親分は、それで大久呂屋の新店辺りでも、姿を見られていたのかと言ってきた。つまり……禰々子達は、消えた薬升を盗んだのではと、親分から疑われていたのだ。

（おやおや、この親分、見た目よりも鋭いじゃないか）

禰々子はうっすらと笑うと、近くの町名主へ店を買う話を持ち込んだが、話はまとまらなかったと、真っ当に返事をした。

すると日限の親分は、良い店が見つかれば良いなと言ってから、また杉戸を見る。

「ところで姉さん、頼みがあるんだ。そっちの人が持ってる箱の中を、見せちゃくれねえか」

何故なら杉戸が持っている箱は、突然失《う》せた、大久呂屋の薬升を入れておくのに、丁度良い大きさだからだ。

そして禰々子達は、大久呂屋の新店近くで、姿を見られている。

「こんな風に言うと、まるでお前さん達を疑ってるみたいだが、おれは、そんな考えを持ちたくないだけなんだ。箱の中を見れば、薬升が盗られたかどうか、分かるだろう？　うん、すっきりさせとくれな」

「何と、親分さんは結構本気で、あたしらの箱を検める気だよ」

禰々子はふっと笑うと、心配げな顔を向けてくる杉戸から、大事な箱を受け取った。そして日限の親分だけでなく、道から自分達へ目を向けている、野次馬《やじうま》達へもよく見えるように、蓋を大きく開け中を見せた。

「えっ？」

この時、戸惑うような声は、何故だか幾つも上がった。箱の底は、影のような黒一面だった。そしてその上に。もちろん薬升はなかった。

禰々子は薬升を持ち出すため、箱に、長崎屋と同じ仕掛けを施していた。底に影を貼り付け、妖ならば、そこへ物を隠せるようにした。よって薬升は今、影内に隠されているので、何も無いように見えているはずなのだ。

ところが。箱は、空ではなかった。開けた時、箱の底には何故だか、小さな仏像が転がっていた。

「ありゃっ？　姉さん、この仏像、何なんです？」

ここで問うたのは、日限の親分ではなく、河童の手下の銀杏だ。禰々子もこの時ばかりは、答えられなかった。

「はて……？」

禰々子は、仏像など箱に入れたかなと戸惑い、手下達と話をしたくなった。河童の誰かが、新店の蔵から薬升を取り戻した時、蔵にあった仏像を気に入り、持ってきてしまったのかもしれない。

ただ日限の親分の前で、そんな事を話す訳にはいかない。大久呂屋の蔵から何か持ち出せば、薬升でなくとも罪になるからだ。

禰々子は大いに緊張したが、眼前の親分は、反対に気を緩めて言った。

「ああ、箱に入ってたのは薬升じゃなく、仏像か。良かった、これで姉さん達は潔白《けっぱく》だと、証を得られたわけだ」

箱を開けさせて悪かったと、親分は笑顔で言い、道端から見ていた野次馬達もその場から去っていく。親分は綺麗な仏像だと言い、笑いながら箱に手を入れ、仏像を持ち上げようとした。

ところが親分は小さな仏像を、箱から出す事は出来なかった。

指が、箱の底にある黒一面へ触れた途端、親分は総身を強ばらせ、道で立ちすくんだ。そしてそのまま動かなくなったので、禰々子が何事かと、箱を覗き込む。すると。

箱の底の影内から、影で出来た手のようなものが現れ、親分の手首を、しっかりと握りしめていたのだ。そして箱からはその内、低い、恐ろしげな声が湧いてきた。

「わ……か……」

親分は手を引っ込めようとしたが、手は離れない。その顔は赤くなり、じき、血の気が引いていく。

「ひっ、ひーっ」

箱から風が吹き上がる。親分はとんでもない悲鳴をあげ、人通りの多い道の端でひっくり返った。

21

親分が悲鳴をあげた途端、箱から湧いて出た手は引っ込み、蓋はぱたんと閉まった。怪異はあっという間に消えたのだから、立派な親分は目を覚ましても良さそうなものだが、何故だか起き上がらなかった。

「岡っ引きの筈だけど、あんまり強くないみたいだね。さてこの親分、どうしようか」

医者に診《み》せるのが良かろうが、それまで、道端に転がしておく訳にもいかないと、禰々子が悩む。杉戸も困った顔になった。

「確か日限の親分には、小さな子がいる筈ですよ。父親が死んじゃ、子供が可哀想《かわいそう》だ。放っておくのも、気が引けますね」

ならば、どうするか。ここで銀杏が手を挙げ、良い案を出した。

「姉さん、我々で親分さんを、大久呂屋の新店へ運んだらどうでしょう」

河童達は、これから大久呂屋へ向かおうとしていたのだ。影から入り込んでも、正面から訪ねても、大久呂屋へ行くことに変わりはない。

「親分は大久呂屋に頼まれて、新店を見に行ってたんです。姉さん、大久呂屋はきっと、親分を店で休ませてくれますよ」

そして、大久呂屋をやっつけようとしている河童達を、自ら店へ入れる訳だ。

「それは妙案だね」

禰々子達は、気を失った日限の親分を、近くに建つ店へ運び込んだ。すると、大久呂屋の番頭は目を丸くした。

目を覚まさない親分を横たえると、大久呂屋が急ぎ顔を見せてくる。禰々子はまず挨拶をして、事情を告げた。

「ご主人、新店にいたのかい？　日限の親分だけどね、店の近くでいきなり、倒れちまったんだよ」

何でも、大久呂屋の新店から失せた、升を探しているとのことで、禰々子達もちょうど聞き込みをされていたと主人に伝える。

するとと大久呂屋がちらりと箱を見たので、禰々子は箱を開け、小さな仏像以外、何もない中を見せてから、主を見つめた。

「ご主人は、親分に頼み事をしてたんだろ？　縁があるんだから、困ってる親分を助けてあげておくれな」

「それは、もちろん助けてくれるじゃろう」

ここで禰々子へ返事をしたのは、何と主ではなく、大久呂屋へ来ていた寛朝であった。番頭から呼ばれた主を、おしろと共に追ってきて、日限の親分を見つけたのだ。

大久呂屋は、いささか戸惑っていた。

「新店で盗みがあったというので、日限の親分に調べをお願いしました。けれどその時は、お元気でしたけどね」

ただ店にいた寛朝と、親分を運び込んだ禰々子達にも、大久呂屋は振る舞いを見られている。主は溜息を吐きつつも番頭を呼び、医者を頼むように言いつけた。

するとそこへ、番頭と入れ替わるように手代が現れ、主へ何かを小声で告げる。その話を寛朝らに聞かれたくないのか、大久呂屋が素早く部屋から廊下へ出たので、おしろが袖内に潜んでいた小鬼を、ぽんと廊下の天井へ放った。

「きゅんい？」

小鬼は廊下の上で大久呂屋の話を聞き、おしろの袖内へ戻って、手代の話を伝える筈であった。

だが、天井で首を傾げた小鬼は、何かに驚いたようで、突然、辺りを大きく軋ませ、手をぱたぱたと振る。

「きゅ、きゅいーっ」

　廊下にいた大久呂屋達が、身をびくりと震わせた。

「何だ、今のは。奇妙な音だったが」

「大久呂屋さん、天井が軋んだだけだと思いますが」

　河童の杉戸が明るく言ったが、大久呂屋は怖い顔になっている。そして主は、じき医者が来るので、それまで親分をお願いすると言い置き、奉公人を連れ、店表へ消えてしまったのだ。

「急用が出来たので、いつまでも我らに、構ってはおれぬという感じだったな。何があったのかのぉ」

　寛朝達が眉を顰めている間に、人には見えない小鬼が、おしろの袖内へ戻ってくる。そして恐ろしき話を、皆へ伝えてきた。

「手代、長崎屋の若だんな、みたって。江戸へ戻ってきてたって、言ってた」

　寛朝は、禰々子やおしろと顔を見合わせる。

「拙いな、大人しく広徳寺で寝ている筈だったが、若だんなはやはり、動き出したか。何と、この大久呂屋の新店近くまで来たようだ」

　こうなったら大急ぎで店を離れ、若だんなを見つけて、広徳寺へ帰らねばならない。だがここで、寛朝は唇を引き結ぶ。

「まだ私は、今日の役目を果たしておらぬ」

しかも、倒れた日限の親分を放り出して大久呂屋を離れたら、何故急に消えたのかと、後で大久呂屋から、妙に思われかねなかった。

「それでも何か手を打たねば。若だんなが危うい」

すると、寝ている岡っ引きの傍らで、禰々子がにっと笑った。

「あたしはあの大久呂屋に、何と思われても平気だ。だから、この禰々子が部屋から出て、若だんなを探しに行こう」

手下の河童達を何人も連れているから、あちこちを探しやすい。それに大久呂屋の奉公人と争いになっても、勝てそうだと言う。それを聞いて、おしろが頷いた。

「あたしも一緒に、若だんなを探しに行きます。大久呂屋から離れた所で、別の姿に化ければ、見つかっても大丈夫です」

病の若だんなが、大久呂屋の奉公人に捕まる前にと、禰々子達河童が立ち上がった。

「寛朝様は、親分の側にいてくれ。若だんなに直ぐ会えるよう、祈っててくんな」

おしろが、廊下に出ようとした、その時だ。杉戸が慌てて、禰々子の着物を摑んだ。

「ね、姉さん、姉さん、待って下さい。薬升の件が、まだ終わってません。せっかく新店の蔵から、薬升を取り戻したんです。あの話は、終わらせとかなきゃ駄目です」

「あ、そうだったね。忘れてたよ」

話の見えない寛朝達が戸惑うと、禰々子は何と、長崎屋の薬升が大久呂屋の新店にあったので、取り戻しておいたと言った。

「えっ？　何とあっさり……」

「ただね、寛朝様。いきなり長崎屋へ升を戻すと、腹黒の大久呂屋から、長崎屋の方が盗人呼ばわりされかねないだろ」

禰々子は、升を見つけて貰うまでの考えを、寛朝に告げる。ところが途中で日限の親分と行き合い、しかも親分が倒れてしまったので、寛朝達と直《じか》に会う事になったのだ。

河童達の話を聞き、おしろは顔を赤くし、寛朝が目つきを険しくする。

「なんと。やはり大久呂屋が、長崎屋の薬升を盗んでおったのだな」

薬升は今、どこにあるのかと寛朝が問う。すると禰々子は、先程親分が検めた、箱の内に入っていると笑った。

「長崎屋さんの箱の、真似をしたんだ。箱の底に影を貼り付けておいて、その中に薬升を隠したんだよ。妖じゃなきゃ、手を出せないからね」

「ならば薬升を直ぐに、箱から出してくれ。じき、医者が親分を診に来るだろう。その人の前で、長崎屋の薬升を見つける芝居を、するとしよう」

そうすれば、長崎屋の薬升が見つかったという形に持って行きやすいと、寛朝が話す。

禰々子達は、やることが多くて困ると笑い、河童達は急ぎ、親分の横にある箱を開けようとした。

ところがその時、部屋内で思わぬ声が聞こえ、皆が手を止める。

「若……だんな」

ぎょっとして声の方を見たところ、何と親分が、布団の上へ半身を起こしていた。もう少しの間、寝ていてくれたら楽だったのにと、杉戸が顔を顰めている。

そこに、更に声が聞こえた。

「わ、か、だんな」

どう考えても声が違うから、日限の親分が話した訳ではない。河童達は気味が悪そうに首を巡《めぐ》らせ、部屋の内で声の元を探した。

一方、小鬼達はおしろの袖から出て、辺りをうろつき始めた。大勢が声を聞き、出所を探っているのに、部屋のどこから声がしたのか分からない。奇妙で、何やら恐ろしかった。

「若だんな……」

更に声が重なった時、一匹の小鬼が駆けた。杉戸が畳に置いた河童の箱へ寄ると、よじ登る。そして蓋を開け、中に影が敷いてある箱の内を、身を乗り出し覗き込んだ。

小坊主姿のおしろが、その様子を見て目を見開く。

「あたし、これと似たような場を、見た事があります。箱は長崎屋の物でした。小鬼が箱の中を覗き込んで、内へ落ちたんです」

その小鬼を場久が摑んで、一緒に箱の中の影へ消えた。二人は、行方知れずになったのだ。

そして影が貼り付いた箱は、再び目の前に現れて、その影を、小鬼が覗いている。

「あ、何だか恐いです。また何か起きそうで」

おしろがそう言った途端、ぎゃっと声を上げた小鬼が、今日は箱の外へ転げ落ちた。布団の上にいる日限の親分が、すぐ傍らから箱を見つめている。

親分は、箱からまた現れた、黒い影のようなものを見ていたのだ。そこから、目を離せないでいるようであった。ひくっと小さく息を呑む音が、耳に届いてくる。

現れた影のような手は、箱に入っていた沢山の升を握っていた。その様子を、部屋内にいる者達は、食い入るように見つめ続けた。

22

「わか、だんな」

声が、箱内から聞こえたと分かった時、親分が布団の上で顔を引きつらせる。するると黒い手から升が落ち、親分の膝へ当たった。短く声を上げると、日限の親分は一瞬で布団の上に、またくずれ落ちた。

一方、升を握って現れた手は、箱から抜け出てくる。影から出た姿は、やがて人のようになり、段々と闇の色が抜けてゆく。やがて影は一人の男に変わり、そのつぶやきが、寛朝達の元へ届いてきた。

「若だんな……」

「おい、とにかく止まれっ」

寛朝が影へ声を掛けたが、耳に届いていないのか、男は奥の部屋から裏庭へ出ていった。杉戸達河童が、慌てた。

「わあっ、箱から出て来た誰かさん、せっかく河童が手に入れた薬升を、ばら撒《ま》いちゃ駄目だよ」

河童らは落ちた升を拾い、まだ幾つも升を持っている影を追う。大久呂屋の新店は長崎屋よりも小さな店だからか、奥に離れはない。影男は裏手の木戸から出てゆき、大店の奥によくある長屋脇の、細い路地を歩み出した。

するとその時、自分も大久呂屋の裏木戸を開けたおしろが、小さな声を上げる。

「あら、若だんな」

やはりというか、自分で事を片付けたかったのか、若だんなは新店近くへ来ていたのだ。開いた木戸近くの道にいたが、しかし何故だか、大久呂屋へは入ってこない。

その代わり若だんなは、苦しそうに咳をしつつ、影のような男に駆け寄り、薬升を受け取ったのだ。途端、泣きそうな顔になった。影男と升を両手で抱きしめると、二人は涙をこぼし、声もなく泣いているようにも見えた。

「若だんな、大丈夫ですか、若だんな？」

おしろは声を掛け、急ぎ側へ行こうとしたが、そこで立ちすくんだ。影が抜け落ち、影男の顔が、名が、分かるようになったからだ。

「まあっ、火幻先生だわっ。先生も戻ってきたっ」

その声が聞こえると、火幻は大声で泣き出し、若だんなは振り向いて、泣き笑いの顔を見せてくる。しかし何故だか、おしろ達と話すことはなく、升を持ったまま道を歩き始めた。杉戸達も升を持って、その若だんなを追う事になった。

「若だんな、寛朝様やおしろさんが、出歩くと病が重くなるって心配してましたよ。ありゃ、聞いていませんね」

どこへ向かうのか、杉戸が問うたが、若だんなは答えず歩を緩めなかった。

「若だんな、途中で倒れて、死なないで下さいよ」

杉戸達が恐い事を言いつつ、後ろからゆく。寛朝とおしろも、他に術《すべ》もなく、ただ、若だんなと火幻の歩みに従った。

「若だんな、どこへ行くんです?」

後ろから声を掛けても、若だんな達は止まらない。

やがて若だんなの向かう先に、寛朝も馴染みの建物が見えてきて、目を見開く。

「おお、湯屋だ。何でこんな所へ」

並の家には風呂などないから、湯屋は江戸の町の、いたるところにある。若だんなは湯屋の裏手に回ると、井戸脇の風呂焚《た》き場へ向かった。既に、焚き口には火が入っており、がっしりとした風呂焚き男の姿が見えた。

湯を沸かすには、燃やすものが山と必要だから、小綺麗な薪《まき》ばかりが焚き口に、くべられる訳ではない。集められ、炎に突っ込まれる木《こ》っ端《ぱ》の近くへ寄ると、若だんなは風呂焚きに升を見せ、要らなくなった木だから、一緒に燃やしても良いかと問うた。

風呂焚き男は頷く。

「は? 若だんな、薬升は、大事な財産だろうに」

寛朝達が魂消ている間に、若だんなは手の中の薬升を、あっという間に焚き口へ放り込んでしまう。一寸のためらいもなかった。

「これは……何と」

一方、河童達も薬升を持っていたが、火が怖いのか、赤い炎を前にして立ち止まってしまった。

だが、その先頭へ禰々子が歩み出ると、若だんなへ凄みのある笑みを向ける。

「この薬升があれば、大儲けが出来るって聞いたよ。だから長崎屋も大久呂屋も、薬升を奪い合ってると思ってた」

なのに大騒ぎのけりを付けるため、問答無用で薬升を焼いてしまうのか。禰々子は、それは嬉しげな顔になって、炎の色を顔に受けている、若だんなを見つめた。

「ああ、若だんなは男だね。寝付いてばかりだろうと、立派な長崎屋の跡取りだ」

姿を消していた五年間、何としても解決出来なかった薬升の騒動が、炎の中で終わろうとしていた。若だんなが江戸へ帰ってきた事で、全てが変わりだしたのだ。

「よし、残りの升も全部燃やしちまおう。事を終わらせ、利根川へ帰ったら、祝いに皆で瓜を食べようね」

「姉さん、嬉しいですっ」

喜び勇んだ河童達は、己の武勇を示す為、我先にと、熱い湯屋の焚き口へ薬升を放り込んだ。全ての升は、あっという間に炎に包まれ、今日の湯を沸かしていく。

大金を生んできた薬升は、他の木っ端と一緒に焼け、やがて、どれが升なのか分からなくなっていった。

「一つ、けりが付きました」

若だんなは火を見つめつつ話し出した。ただ、こうやって騒ぎの大本を燃やしてしまっても、何としても、多くの事は元に戻らない。若だんな一人の話ではなく、大勢が巻き込まれていることが、身に染みてきていた。

薬升を燃やしてみて、以津真天の災いは重く、五年経っている今、越えられない事があると知った。両親や於りんは、このままでは本来と、違う年月を過ごす事になる。だから。

若だんなは皆の方を向くと、はっきりと言い切った。

「決めました。私は元の江戸へ、帰ろうと思います」

たとえ長く長く、時が掛かってしまっても、だ。ひょっとしたら、帰れないかもしれなくても、五年前の、元の江戸を目指す。そう口にしたのだ。

「ああ、腹をくくったのだな」

寛朝が静かに頷き、禰々子が目を見張っている。湯屋の炎の前で、河童達やおしろ、寛朝、医者の火幻が、若だんなを見つめていた。

23

若だんなは、いきなり五年後へ来た事の意味を、一つ摑めた気がした。

長崎屋に災いをもたらした薬升を、やっと取り戻し、湯屋の焚き口で燃やす事が出来たからだ。

「私が、今の江戸に来たことで、長崎屋は、難儀を終える事になった。これで大久呂屋は、長崎屋とそっくりな薬を出せなくなる」

どの薬升で、どんな薬草を計ったかは分かっているだろうから、大久呂屋は薬を作り続けるだろう。しかし。

「それは、長崎屋の薬と似てるが、別のものだ。これから大久呂屋と長崎屋は、薬種を扱う店同士として、真っ当に競い合っていくわけだ」

少なくとも長崎屋はこの先、薬升の件で、もう悩むことはない。己が作った薬で、大久呂屋から安売りを仕掛けられる事は、なくなったのだ。

「こほっ、ほっとした。ごほっ……」

涙が滲んできて、咳も止まらなくなった。それを目にした寛朝《かんちょう》が、湯屋は大久呂屋から近いので、急ぎ離れて、もっと休める場所へ移った方がいいと告げてくる。影内から戻ってきた火幻《かげん》と共に、急ぎ広徳寺へ戻るべきだと言ったのだ。

するとおしろも、剣呑な話を思い出したと言って、若だんなを急《せ》かしてきた。

「さっき大久呂屋の廊下で、手代が話してたんです。若だんなが江戸へ戻ってきたって」

薬升を焼いた後、大久呂屋の近くで見つけられたら、若だんなはどんな事を言われるか、分からない。話を聞いていた禰々子《ねねこ》が、皆に声を掛けてきた。

「若だんな、大久呂屋の者に姿を見られないよう、堀川沿《ほりかわぞ》いに出て舟を探そう。寛朝様も一緒に戻るかい？　送るよ」

だが高僧は、禰々子の言葉に頷かなかった。

「いや、私まで帰る訳にはいかん。大久呂屋で今、日限《ひぎり》の親分が寝ておるからな」

日限の親分は先程、出てきた影を見て、倒れてしまったのだ。禰々子が呆《あき》れた。

「あの親分は、弱っちいねぇ。箱の中から出た手に摑まれた時も、道でひっくり返ったよ。それで大久呂屋へ担《かつ》ぎ込んだんだ」

若だんなは、急ぎ寛朝と話し合った。

「ごほっ、日限の親分を放って置いたら、怪異を見たと言って、大騒ぎになりそうですね」

「人ならぬ者の事で、騒ぎが起きるのは拙いな。さて、どう言ったら、親分が落ち着くかのぉ」

若だんなも寛朝も、直ぐには対処が思い浮かばず、腕を組む事になった。だが意外な事に、妖達は存外《ぞんがい》平気な顔だった。禰々子が、きっぱりと言い切る。

「親分は、悪夢を見たことにすればいいと思うよ。それしかないじゃないか」

何しろ親分は、一目見て倒れるようなものを、二回も見ている。何も見なかったと言っても、当人が納得する筈がなかった。

「怪異は確かに現れたけど、それは夢の内の事だった。そう言った方が、本人も周りも、承知しやすいと思うんだよね」

「そうですよね、悪夢だと思い込んだ方がいいわ。後々、影を怖《こわ》がったり、悩んだりせずに済むってもんです」

おしろも明るく言い切った。そう言われれば、若だんなも寛朝も頷くしかない。

「うむ、では私は大久呂屋へ戻り、親分の看病をしよう。そして親分が、奇妙《きみょう》な事が起きたと言い出したら、それは夢だと言っておく。あの親分なら、信じてくれるだろう」

寛朝は頷きつつ、大久呂屋へと向かっていく。一方若だんな、おしろ、火幻に小鬼達は、先頭をきって歩き出した禰々子の後から、堀川へと歩んだ。

「若だんな、顔色が赤いよ。熱、上がってるんじゃないかい？」

火幻が、横から案じてくる。若だんなは、いつになく元気だと言ってみた。

「こほっ、ちょっと、熱はあるかもしれないけど」

「きゅい、若だんな、ゆでだこの親戚」

皆は程なく、堀川沿いに出た。すると禰々子が川へ、ここだと声を向ける。間もなく妖達の近くへ、まるで注文に応《こた》えるかのように、するりと舟が近づいてきた。急ぎ桟橋から乗り込み、禰々子が一言、上野へ向かうよう伝えた所、舟は隅田川へと向かい始める。

若だんなは、妖達に支えられて舟の後ろに座ると、ほっと一息ついた。正直に言えば、少しだけ寒いような気がしたので、羽織の衿をかき合わせたところ、火幻医師が恐い顔になって、若だんなの額《ひたい》に手を当ててきた。

「火幻先生、私は薬升を燃やせて、こほっ、ほっとしてるんだ。だから……こんっ、気分は悪くない……けほけほけほっ」

咳き込むと、舟の後ろで竿《さお》を使っていた船頭が、急ぎ声を向けてくる。

「若だんなは、大丈夫ですか。姉さん、河童秘伝の薬を持ってますが、使いますか？」

「けほっ、あれま。よく見てなかったけど、船頭さんも河童なの？」

「姉さんの一の子分、杉戸《すぎと》の弟子、松戸《まつど》って言います。わっちはこれから船頭になって、大いに儲けるつもりでして。それで舟を漕《こ》ぐのに慣《な》れるよう、ここんところ、江戸の堀川に来てるんです」

「あら、河童方は船宿でも始めるんですか」

おしろが驚くと、禰々子が笑って、訳があるのだと言ってきた。

「実は、河童は暫く前から両国で、見世物《みせもの》を楽しんでるんだよ」

すると舟を漕ぎつつ、盛り場は面白いと、松戸が真剣に言ってくる。禰々子も頷いた。

「道端の芸人も達者だし、小屋に入るのも良いもんだ。両国へ行った者が楽しんだ話をすると、利根川からも荒川からも、盛り場へ仲間が集まり始めたんだよ」

河童達は佐助《さすけ》がやったように、川底から銭を拾い、その金で投げ銭をした。誠《まこと》にきちんとしていたわけだ。

「芸人さん達に失礼があっちゃ、いけないからね」

ところがじき、どこの誰だか分からない者達が、よく両国の盛り場に顔を見せ、気前よく金を使っていくと噂になった。日中から毎日来て、働いているようには見えない。賊ではないかと疑われたのだ。

「妖が人の中で目立つと、拙い事になる。あたしらは疑われないよう、何か手を打たねばならなくなったんだ」

禰々子は、河童も仕事を持とうと決めた。

「なに、金は川から拾えば良いから、儲けなくてもいいんだ。こうやって稼《かせ》いでるって、他へ、言う事が出来れば良いのさ。そうすれば、また遊べるからね」

すると、何をしようかと話したとき、利根川である坂東太郎《ばんどうたろう》から、船頭はどうかと言われたのだ。舟なら大河である坂東太郎が、守ってやるという。

「皆、その気になった」

何しろ河童だから、万一舟から川へ落ちても、溺れない。

舟があれば、利根川から両国へ通いやすい。

川を泳ぐだけでなく、たまには舟に乗ってみたい。河童達はそう考えた。

「それでまず一軒、空《あ》き店を買ったんだ」

神田の堀川沿いにあり、おまけに、両国の盛り場にも近いという。代金は、利根川の川底から拾った。まだ開店はしていないが、河童達は既に、己らの船宿を持っているのだ。

「それで若だんなを、河童が預かろうかと、以前言ったんだ。その家を使えたからね」

「禰々子さんが事を成《な》す力、素晴らしいです。こんっ、さすがは河童方です」

若だんなが大いに褒め、妖達も頷くと、禰々子と松戸が嬉しげに笑う。

「若だんなも、いつかあたしらの舟に乗っておくれ。一緒に両国で遊ぼう」

「けふっ、いいですね、是非《ぜひ》」

「きゅい、きゅい、鳴家《やなり》、遊ぶ」

「そういや、この火幻はまだ、じっくり両国で遊んだ事が無い……わあっ」

いきなり舟が揺れ、済みません、ちょいと揺れましたと、松戸が頭を掻いている。焦った松戸の姿は、どう見ても河童にしか見えなかったから、船宿を始める前に、もう少し化け方を習わねば拙そうだった。

「大丈夫かな。河童の化け方は、かなり雑だ。舟の操《あやつ》り方も雑だ」

水を被った火幻が、心配げにつぶやいている。しかし松戸は平気な顔で、堀川を漕いでいった。

24

「河童の店は、長崎屋から広徳寺へゆく道の、半《なか》ば辺《あた》りにあるんだ。今日寄っていくかい？」

「あら、嬉しいです。でも」

妖達は、もちろん遊びに行きたいと話した。だがそれは、今日ではないのだ。

「若だんなの咳が続いてます。今夜は早めに直歳寮《しっすいりょう》へ戻らないと、寝込んじまいます」

妖達は、寺へ急ぐと決めていたのだ。

広徳寺は堀川沿いにないので、若だんな達は神田川で舟から下り、禰々子達と別れた。その後は皆で、歩いて寺へと向かう。

「こほっ、けほ、ごほごほっ」

ところが寺町を行く途中、塀《へい》の傍らで、若だんな達は足を止める事になった。道沿いのなまこ塀の上に、鳴家達が何匹もいたのだ。

「あれ、あの鳴家、こほっ、長崎屋の子だよ」

若だんなが気がつき、手を差《さ》し伸《の》べると、小鬼達は高い声で鳴き始める。

「きゅんいーっ、きゅんげーっ」

その内一匹が、塀からぽんと飛んで、若だんなにしがみついてきた。

「きゅんべ、鳴家は飛ぶの上手」

若だんなが頭を撫でると、他の鳴家達も寄ってくる。そして声に呼ばれたかのように、道の向こうに、思わぬ姿も現れてきた。

「あら、屏風《びょうぶ》のぞきさんだ。まあ、金次《きんじ》さんや鈴彦姫《すずひこひめ》さんもいるわ」

どうして突然現れてきたのかを、おしろが問う。すると屏風のぞきの口を塞いで、鳴家が先に、とんでもない事を話し出した。

「きゅい、仁吉《にきち》さん、佐助さん、言った。鳴家に広徳寺、行けって言った」

横から金次も語り出す。

「恐い顔つきの輩が、長崎屋の周りをうろついてたんだ。小僧が何人も、妙な男を見てる」

だから若だんなは、広徳寺から出た方がいいと、佐助は考えた。寛朝と長崎屋は親しい。広徳寺は若だんなが、よく訪《たず》ねていた寺であった。

「こほっ、妙な男って誰？」

若だんなは驚いたものの、広徳寺へ来る恐い者に、長崎屋の皆は心当たりはあった。大久呂屋は先刻、店の廊下で若だんなが現れたと聞き、気にしていたのだ。

「大久呂屋に、若だんなが江戸に居ることを、知られたのか」

「屏風のぞきさん、若だんなは一人で、大久呂屋に行ってしまったんですよ」

そして火幻と再び出会い、更に薬升を燃やすという、離《はな》れ業《わざ》をやってのけたのだ。

「何と、そりゃ凄いな」

その子細《しさい》や、火幻が現れた話を、おしろは一通り話す。

すると屏風のぞきや金次、鈴彦姫の目が、今更という感じで、先程から目の前にいた妖に向けられた。

「わあっ、火幻先生だ。行方知れずの妖医者が、突然現れたぞっ。戻ってきた」

「あのな、さっきから若だんなと一緒に、ここにいたじゃないか。話もしてたぞ」

「お帰りなさい、先生、心配してました」

「あ……ありがとう、鈴彦姫さん」

火幻がようよう、戸惑うような、嬉しいような顔になる。だが、気の遠くなるほど長生きである妖達にとって、五年は短い。ほんの一瞬で火幻がいる事に慣れると、さっさと五年の日々を乗り越《こ》えた。

要《よう》するに火幻も、仲間の所に戻れたという、こみ上げる思いを、切り上げるしかなくなったのだ。

「おれはずっと、真っ暗な夢の内で、もがいていたんだ。もうちっと優しくしてくれたって、いいじゃないか」

「火幻、若だんなや場久《ばきゅう》は、あっという間に五年後へ来た感じだったと言ってた。お前さんだけは、五年も一人でいた感じだったのか？」

火幻は正直に、首を横に振った。

「ううん。でも、どこからか声が聞こえてきているのに、三日くらい、真っ暗な中から出られない感じだった」

「三日！　この屏風のぞきなら、それくらいの間、寝てる事だってあるぞ」

「きゅい、火幻、甘えんぼ」

「ううう、鳴家にまで、びしっと言われるとは。うん、おれは長崎屋に帰ってきたんだな。身に染《し》みるわ」

だが火幻はそれ以上、愚痴《ぐち》を並べる事をしなくなった。妖達の話は直ぐ、これからどうするかという事に移っていったからだ。

「行方知れずだった若だんなが、江戸へ現れたんです。その話を聞いた頃《ころ》、大久呂屋にあった薬升が消えたら、大久呂屋は若だんなに奪い返されたと思いますよ」

己が薬升を盗《ぬす》んだことは棚《たな》に上げ、怒っているに違いない。升は燃え、もうないのだが、大久呂屋は奪い返しに来るだろう。

「長崎屋へ来た恐い顔つきの輩は、大久呂屋が雇った者に間違い無いでしょう」

おしろはここで、屏風のぞきと顔を見合わせる。

「若だんなの具合が良くない今、大久呂屋と出会うのは、剣呑ですよ」

「そりゃそうだ。だが広徳寺に行けないとなったら、この後、若だんなはどこで休めばいいんだ？　長崎屋には帰れない。一軒家も二階屋も、長崎屋に近すぎるぞ」

落ち着き先が思い浮かばないと、屏風のぞきが溜息を漏らす。すると、火幻が何とか口を挟んだ。

「あの、河童の世話になっちゃどうかな。さっき、船宿へ来てくれと言ってたし」

妖達は顔を見合わせ、にこりと笑う。だがおしろが直ぐに、眉根を寄せた。

「あたし、河童の店の場所、聞きそびれました」

急ぎ広徳寺へ向かう所だったし、若だんなの具合は悪い。そちらに気を取られていたのだ。

「神田の、堀川沿いって事しか分かりません。熱を出してる若だんなを連れて、あちこち訪ね歩く訳には、いきませんよ」

その上河童は、船宿はまだ開いてないと言っていた。近所の人達とて、新しい船宿を知っているかどうか怪しい。

「河童の宿へは、行き着けそうもないか。じゃあ我らは若だんなを連れて、どこへ行けば良いんだろう」

火幻が、戸惑うように妖らへ問う。だが、誰も返事は出来なかった。

25

寺に近い場所は危《あぶ》ない。若だんな達は、とにかく広徳寺から離れ、神田川へ戻ることにした。そうして道々、これから行く先を考えるわけだ。

「若だんなの具合が悪いんです。いっそ長崎屋の、根岸《ねぎし》の寮へ行ったらどうでしょう」

まず鈴彦姫が案を出したが、皆、揃って首を横に振《ふ》る。金次が訳を語った。

「ひゃひゃっ、寮から直ぐに、長崎屋へ知らせが行って、旦那《だんな》様方へ伝わるよ。若だんなは五年前に帰ると決めたんだ。長崎屋へ戻るのは拙かろう」

「ああ、そうでした」

困った鈴彦姫が若だんなを見る。若だんなは、こほこほ言いながら、暫く、宿屋にいればいいと口にした。

「けふっ、河童の船宿じゃなくても、宿なら泊まれるから」

ただ、両国で目を付けられた河童ではないが、用もないのに長く宿に居続けたら、それこそ岡っ引きに一報が行きかねない。今日の所は、どこかの宿に泊まるとしても、その後の居場所はまた考えねばならなかった。

金次は承知と言った後、口を尖らせる。

「若だんなは薬升を燃やした。でも、それで一気に事が片付く訳じゃないんだな。大久呂屋は本当に、厄介な事をしてくれたわ」

いや、全ての事を引き起こしたのは、以津真天《いつまで》かと言葉が続いた。対峙《たいじ》した時は、ここまで事が大きくなるとは思わなかったと、貧乏神が漏らしている。皆と神田川の方へ向かいながら、若だんなは首を傾げた。

「私も最初は、起きた災いの全て、五年後の江戸へ来た事も、以津真天のせいと思ってた。だけど」

時が経《た》った江戸へ現れ、落ち着くにつれ、不思議な気がしてきたのだ。

「今回は私や場久、火幻先生までも、いっぺんに元の江戸から飛ばされてる。でもあの以津真天に、そこまでの力があるようには、思えなかったんだ」

もちろん事のきっかけは、以津真天が作ったに違いない。だが、時を超える神のような行いが出来るなら、以津真天は西の地で、それこそもっと崇《あが》められてきた気がした。

「場久の悪夢を利用して、私達を暫く、夢の内へ閉《と》じ込めただけというなら、分かるんだけど」

場久も手をやくほど大きな事を、以津真天が、やれたというのが妙であった。

「他にも、今度の件に関わってる者がいるんじゃないか。今は、そんな気がしてる」

金次が頷いた。

「確かにねえ。あの以津真天には、神のような力などなかろうさ」

ならば、五年という歳月を超えさせたのは、誰なのか。屛風のぞきはしかめ面《つら》になる。

「例えば、日の本の神かねえ。そこここにおられるし、我ら長崎屋の者は、その尊《とうと》い方々も存じ上げてるよ」

そしてそんな神の中には、人や妖の目から見ると、何とも変わったお方もおわすのだ。魂消るような事をしても、妖達が驚かない方々だ。しかし。

「そういう神の字が付く方々は、簡単には人と交わらないもんだ。我らだって、とんでもない事になると分かってるから、気楽に会ったりしないし」

そして今までに、神々と出会ったからといって、時を超えた者はいなかった。五年前、長崎屋の者が、神々に失礼をしたという話も無かった筈と、おしろが言う。

「若だんなが居なくなってから、あたしは神様と会ってません。多分、皆もそうですよね？」

皆がその通りと言い、神の話は、これで終わりになるかに思えた。

だが……ここで火幻が、目をしばたたかせた。そして若だんなの方を見ると、懐から小さなものを取り出し、差し出してくる。

「あの、神様の話を聞いて、想い出した。薬升の事ばかり考えて、これを渡《わた》すのを忘れてたよ」

「きゅべ、何？」

皆の目が、火幻の手に集まる。そこにあったのは、小さな仏像であった。

「仏様《ほとけ》だ……神様じゃなくて、仏様だ」

有《あ》り難《がた》くて美しい、小さな仏像であった。

「火幻先生、どうしたの、これ」

「若だんな、おれは、底に影が貼《は》り付けてあった箱から抜《ぬ》け出て、江戸へ戻って来ただろ？　その時、箱の影内に隠《かく》してあった薬升を取り出して、若だんなへ渡したんだ」

そして火幻は影内で、この仏像を時々見たという。

「きゅい、時々？」

「仏像は、暫く消えたりした後、また闇に戻ってくる感じだった」

仏だからそんなものかと、火幻は不思議にも思わなかったという。その後、薬升の向こうから、光が見え、若だんなの声が聞こえた気がしたので、火幻は手を伸ばした。升を摑んだ途端、影から箱を通って、表へ抜け出る事が出来た。火幻は若だんなのいる所へ、姿を現したのだ。

その時、箱の内にあった、仏像も摑んだという。

「仏は升と一緒に、若だんなの所へ出て来た。ならば若だんなへ渡すのが、正しいと思う」

医者は神田川へ向け歩きつつ、小さな仏を、若だんなの手のひらに乗せる。仏は美しかったが、しかし若だんなは一寸震え、周りの妖達も口を閉じた。

貧乏神が、ふと笑う。

「最近、神様とは縁がなかったと、安心してたら。何と、今度は御仏がおでましか」

元々日の本に暮らす方ではないので、平素《へいそ》はただ、拝《おが》むのみだ。しかし。

「突然五年後に飛ばされた、若だんなの元へ、仏が現れるなんて。何か怖いね」

すると屛風のぞきが、皆へ問う。

「最近、御仏と長崎屋に、何か特別な縁があったかな？」

小鬼達が一斉に、首を横に振る。

「きゅべ、怖いこと、ない」

「あのな、怖いって……御仏は鬼じゃないんだぞ。若だんな達が消えてた五年間、仏と関わった妖はいたか？」

鈴彦姫が、ないと言い切った。

「若だんなが行方知れずになっていた間、海に近い所へ風津波が来たり、野分《のわき》が来たりしてました」

よみうりはそんな恐い話ばかり書いていて、うんざりしたと鈴彦姫が言う。

「もし長崎屋へ仏が現れていたら、ありがたくも特別な事ですから、覚えてます」

不思議な縁は、なかったと思われた。

若だんなは咳をした後、手の内の御仏を見つめ、さて、どこの寺の仏かと首を傾げる。

「もしかしたら難儀に遭って、寺へ帰れずにおられるのかも知れない」

もしそうなら、長崎屋へ現れた訳は思い付くと、若だんなは道々語った。

「長崎屋の皆は、不思議に慣れてるからね。げほっ、御仏が突然現れても、魂消たりせず、元の持ち主を探すと思えるもの」

鈴彦姫が目を見張った。

「あら、私達、仏様に知られておりましたか？」

「こんっ、御仏に知られているのは広徳寺の、寛朝様の方かな」

金が大好きな寛朝は、商人のようというか、下手したら強突《ごうつ》く張《ば》りにしか見えないが、確かに高僧であった。

「私達は……けふっ、あの方とご縁があるから、承知して下さっているんだろう」

まだ広徳寺から、大して離れてない。若だんなは、御仏を小鬼に託し、広徳寺へ届けようかと言ってみたが、おしろの眉間に深い皺を寄せてしまった。

「若だんな、今にも大久呂屋の襲撃を受けようって時に、暢気《のんき》な事を言ってちゃいけません」

長崎屋の皆は今、病の若だんなを連れ、大久呂屋から逃げているのだ。しかも、行く先すら決まっておらず、危うさの塊であった。

若だんなが、苦笑を浮かべる。

「まず自分が、困らないようにならなきゃ駄目だね」

そう言った途端、急にふらついたから、熱が上がっているかも知れないと思う。火幻が、若だんなの額に手を当て、渋《しぶ》い顔になる。火幻も段々、医者としての貫禄《かんろく》を身につけてきたように思えた。

「とにかく舟を見つけて、一旦宿へ行きましょう。若だんなを休ませなくては」

「承知だ。通りの前や後ろで見かけるのは、坊《ぼう》さんばかりだな。今ならあたしが離れても、平気だよね」

舟を探すから小鬼も来いと言って、屛風のぞきが神田川へ向け駆けだしてゆく。若だんなは御仏を見て、しかたがないのでしばし、長崎屋にいらして下さいと語りかけた。

「落ち着いたら、直ぐに寛朝様がおいでの、広徳寺へお運びしますゆえ」

すると、だ。その声が聞こえたとも思えないのに、道の先で僧が三人、妖達の方へ顔を向けた。そして、皆がそのことに気がついた時、もの凄い勢《いきお》いで、こちらへ駆けてきたのだ。

「あらら？」

呆然とする顔が並ぶ中で、金次が顔を引きつらせる。

「しまった。そういやぁ佐助さんは、恐い顔つきの輩が、長崎屋の周りをうろついてるって、言ってただけだった」

大久呂屋が来るとは、一言も言われていない。ただ、今若だんなを襲《おそ》うなら、大久呂屋に違いないと、妖達は思い込んでいただけなのだ。つまり。

「怖いのは、坊さんかもしれないんだっ」

貧乏神の大声が道に響《ひび》いた時、若だんな達は囲まれていた。

身構《みがま》えはしたが、咳が続き、若だんなは地面が柔らかくなったように感じた。

26

「ほう、僧が戦うのか。ちょいと昔の、平安から戦国の頃は、法師武者《ほうしむしゃ》も強かったけどね。さて、今はどうかな」

だが僧は三人とも、長刀《なぎなた》一本持っていないと金次が言う。僧達が睨《にら》んできたので、若だんなはここで、ゆっくりと頭を下げ挨拶をした。やはり熱が高いのか、素早く動く事が出来なかった。

「これはお坊様、今日は良き天気で、ありがたいことです。ご健勝《けんしょう》でおわしますでしょうか」

「えっ？」

驚いたのは、睨んできていた僧達だ。だが、きちんとした言葉を向けられたからには、ちゃんと返事をせねばと思ったらしい。すぐに構えを解くと、若だんなへ名のってきた。

「これは、ご丁寧な挨拶、痛み入ります。私どもは深川にあります亀安寺《きあんじ》の僧で、白雲《はくうん》、黄真《おうしん》、青昌《せいしょう》と申します」

「あら、深川のお坊様でしたか。まあ、随分離れてますけど、上野まで来られたのは、何かご用だったんですか？」

今度はおしろが、あっさりと問う。ちなみに長崎屋の者達は、広徳寺の寛朝と縁があり、訪ねていたと告げると、僧達の厳《きび》しかった顔が、困ったようなものに変わった。

「これは、高名《こうみょう》なお方をご存じなのですね。実は私達は、深川からわざわざ来た訳ではございません。この近くに、亀安寺ゆかりの末寺がありまして。所用があって、今、そこにいるのです」

「お忙しそうですね。それで、何か私どもに、ご用でしょうか」

若だんながまた丁寧に問うと、僧達は、益々困った顔で頷いた。ただ白雲がここで、少し長い話になると言ったので、火幻が眉根を顰める。

「お坊様のお話なら、拝聴《はいちょう》せねばと思います。だが、こちらは今、病人を抱えてましてね」

熱が出ているようなので、早く休ませたいと、火幻が言う。

だがその時、火幻の顔が突然、慌てたものに変わった。戸惑っていると、若だんなの視界から妖は何故だか、すうっと遠ざかってゆく。

直ぐに、上から大きな声が聞こえてきて、事情が飲み込めた。

「若だんなが、倒れちまった」

「早く寝かさなくては。うわあっ、何処へいけばいいんだ？」

「きゅい、死んじゃうっ」

僧達の顔までが、引きつっているように思えた。空が暗くなった。

気がつくと、若だんなは、見た事の無い部屋で寝かされていた。豪華《ごうか》な作りではないが、長屋などではなく、かなり広い。若だんなが身を起こそうとすると、布団の傍らから手が伸びてきて、止められた。

「若だんな、倒れたばかりなんだ。まだ起き上がっちゃ駄目だよ」

「……火幻先生」

「きゅい、若だんな、生き返った」

鳴家が嬉しげに鳴き、部屋から飛び出してゆく。廊下から足音が近づいてきて、妖達や、先ほどの亀安寺の僧が顔を見せてきた。

「おお、気がついたようだ。良かった」

青昌が、ここは亀安寺縁の寺、亀安上野寺だと言ってくる。

「病で、急ぎ休む場を探している時に、呼び止めて申し訳無かった。この亀安上野寺で良ければ、熱が取れるまで、休んでいって下さい」

「これは、助かります」

若だんなより先に、火幻が、嬉しげな顔で返事をする。宿を探す手間《てま》が省けたと、枕《まくら》元に座った屛風のぞきも、ほっとした声を出した。

若だんなは床内から、助けてくれた僧達や、妖らにも礼を言った。すると火幻が素早く、薬湯を差し出してくる。その濃《こ》さを見て、黄真が目を丸くしたので、若だんなは薬を飲む前に、僧へ問いを向けた。

「ところで御坊、道で私達を取り囲んだのは、どうしてだったんですか？　火幻先生、薬は飲むから。ちゃんと飲みます……はい、飲みました」

けほけほけほっ。余りの苦さが咳を連れてきたので、思わず半身を床から起こした。すると白雲が、意を決したように顔を引き締め、若だんな達へ語ってくる。

「我らは亀安寺の僧だと言いましたが、今、大事な大事な、寺の本尊《ほんぞん》を探しております」

小さな、大日如来《だいにちにょらい》の仏像だと言われ、若だんな達は顔を見合わせた。

「本尊ですから、寺で大事にするのは、当たり前だと思われるかもしれません。ですが我ら僧はその御仏を、それはそれは尊い、特別な仏像だと思っております」

なのにある日仏像は、亀安寺から消えてしまったのだ。

「心の臓《ぞう》を、わしづかみにされた心地がいたしました」

すると妖達は、かつて同じように消えた、若だんなへ目を向ける。

「大事にしている相手が、突然失せてしまうのは、きついよねえ。うんうん、いきなり坊さんに囲まれて驚いたけど、そんな事情なら、気が立っていたのは仕方がないわな」

屏風のぞきに言われ、鳴家達にも頷かれて、若だんなが身を縮めている。すると白雲は、少し前に、たまたま知り合った人から、御仏の話を聞いたと続けた。

「道ばたで、日限の親分が検めてた箱の中に、小さな御仏があったと言ったんです」

もしや仏像は盗まれており、岡っ引きが取り戻していたのかと、慌ててその親分のところへ向かった。だが岡っ引きは倒れており、仏は見つからない。僧三人は急ぎ箱の跡を追った。

「すると堀川で、ある船頭さんに会いまして」

松戸と名乗った船頭は、箱の事なら、長崎屋に聞いてみろと話していた。そしてその一行を先程、神田川で下ろしたと言ったので、僧達は、松戸の舟に乗ったのだ。

「そうしたら、とんでもなく揺れる舟でした。その、川へ放り出されるかと思いました」

しかし何とか、神田川の船着き場へ辿《たど》り着き、件《くだん》の客は、広徳寺の方へ向かったと知った。僧達は道を急ぎ、若だんなの一行を見つけたのだ。

「みなさんは、箱を持っていなかったのに。御仏に会いたくて、取り囲んでしまった。申し訳無い」

僧達は、深く頭を下げてきた。

若だんなは、気にしないで欲しいと告げてから、懐に手を入れた。そして、僧達が必死に探しているものを、そっと取り出したのだ。

この仏像が、どうして禰々子の箱に現れたのかは、今もって分かっていない。

「たまたま手にしたのですが、どこの御仏か分からず、私が持っていました。御坊方が探しに来て下さって、良かったです」

三人の僧が、声も無く仏像を見つめた。渡されると直ぐ、涙をこぼしそうな顔になる。

「きゅんべ？　坊さん、ぶつぞう見ると、泣くの？　何で？」

小鬼達が首を傾げている。若だんなは僧達の顔を見て、いつも自分を大事にしてくれている、仁吉と佐助を想い出していた。

27

三人の僧は、御仏を取り戻してくれた礼をしたいゆえ、亀安上野寺でしばらくゆっくり、養生《ようじょう》してくれと言ってきた。

嬉しい話であったが、大人数だと食事にも金が掛かる。若だんなは米代だと言い、河童が渡してくれた金粒を一つかみ、僧の白雲へ渡した。長崎屋の皆は、しばし安心出来る場所を、得る事が出来たのだ。

「宿屋より、ずっと落ち着くね。若だんなの体にも、良いと思うよ」

火幻はただ喜び、ほっとした妖達は、まず寛朝へ、今いる場を知らせた後、ゆっくり昼寝をしたのだ。

ただ次の日になると、寝ている者は居なくなった。切羽詰まっているからと、先送りにしていたあれこれが、暇《ひま》と共に湧《わ》き出てきたからだ。

まず金次が、口火《くちび》を切った。

「若だんなをどうやって元の、五年前へ戻すか。それが最初からの問題で、今も、何ともなってない、一番難しい事でもあるな」

すると火幻が、皆へ話しておきたい考えがあると、口を開いた。

「馬鹿《ばか》な考えだと、笑ってもいい。ちょいと聞いておくれな」

火幻の言葉は段々、江戸のものになってきている。

「あのさ、この五年後の江戸で、場久さんと小鬼は、箱の中の影へ消えたんだよな？　おれが箱から江戸へ出る、少し前の話だって聞いた」

つまり場久達が、長崎屋の箱へ落ちた時、火幻は影内にいたのだ。しかし火幻は、場久の悲鳴や小鬼の鳴き声を、聞かなかったという。

「おれはその事が、気になってる」

場久は、悪夢を喰《く》らう貘なのだ。夢は元々場久の領分《りょうぶん》であり、好きに動き回っていた場であった。

「場久さんが長崎屋の箱内へ落ちた後、おれは薬升や亀安寺の御仏と共に、表へ出た。そして御仏は無事、僧達の所へ帰ったんだ」

僧達は感謝し、この亀安上野寺に、若だんな達を迎えてくれた。だが御仏自身が若だんな達に、何かをして下さったことは無かったと、火幻は思っていたのだ。

しかし、違っていたかも知れないと、火幻は言い出した。

「例えば、だけど。御仏は、闇に落ちた場久さんを、ちゃんと元の江戸、五年前へ帰したのかもしれないよ」

貘である場久なら闇の中を自在《じざい》に動ける。少しの力添《ぞ》えがあれば、帰れたに違いないのだ。そして。

「この考えが、ただの夢物語か、本当の事なのか。確かめる手立《てだ》ては、おれ達にもあると思うんだ」

「えっ？　本当……けほけほけほっ」

猫又の姿に戻っているおしろが、猫の手で若だんなの背《せ》をさすりつつ、火幻へ目を向ける。返事をしたのは、金次であった。

「そうか、場久は五年前に戻れたら、若だんなも元に戻そうとする筈だ。火幻先生は、そのことを言ってるんだな」

「おれなら、そうする。自分だけ帰ってきたなんて、たまらないだろ？　必死に、仲間も救《すく》おうと考える」

なに、自分一人で凄い案を、出さなくてもいいのだ。五年前にも、長崎屋の皆がいる。寛朝や兄や達が、より良い考えを出してくれそうであった。

屏風のぞきが、なるほどと言い唸った。

「例えば、五年前に書き記した事は、五年経った今でも読むことが出来るもんな。そうだよな、書いておけば、読むのは簡単だ」

難しいのは、長崎屋の場久が書いたと、若だんなへ伝える方法の方なのだ。だが鈴彦姫は、首を傾げる。

「あのぉ、〝先に戻れた、場久〟と書くだけで、若だんなには伝わると思うんですけど。その後に、帰り方が書いてあれば、場久さんが示してきたと分かりますよ」

そういう書き方であれば、他の者に怪しまれ、捨てられる事はなかろうというのだ。

「問題は、場久さんが書いたものがどこにあるか、分からない事でしょうか」

いいや、その事とて、考えれば察しが付くはずと、部屋内の声が段々大きくなってくる。皆が布団から出て来て、一つに集まってきた。

「でもさ、獏である場久さんなら五年前へ帰れても、若だんなや火幻が帰れるかは、分からないぞ」

「屛風のぞき、それは、けほっ、げほげほで、ごほっ」

若だんなが咳き込んだ、その時だ。

ごたんっ、と、いきなり大きな音が響き、一瞬で部屋が静かになった。

「な、何事でしょうか」

鈴彦姫が、家を軋ませたのかと鳴家達へ問うが、皆、首を横に振っている。まるで、部屋を覗いていた何者かが、うっかり音を立ててしまったかのようだった。

おしろがひょいと、二股になった尻尾《しっぽ》を振り、若だんなの肩へ布団を寄せた。そして、今気がついたというように、暗い部屋を見回す。

「気がついたら、かなり遅くなっていましたね。若だんな、そろそろ寝て下さい」

養生しないと、病が重くなってしまいかねない。今日は、ここまでにしようと猫又は言った。

「後は明日、考えましょう。夜が明けたら、場久さんが、どこかに伝言を書き記してないか、調べたらいいと思います」

五年前からの伝言が見つかれば、若だんな達が元に戻れる、希望が出てくる。しかし今夜、焦っても仕方が無かった。

きゅいきゅいと、鳴家達の声が聞こえる。そろそろ眠くなったのか、何匹かが若だんなの布団へ潜り込んできたので、暖かい。

「そうだね、けほっ、もう寝るよ」

「きゅん……」

やがて部屋から、声が消えてゆく。苦い薬湯も、大久呂屋への心配も、とにかく明日の事であった。色々起きて皆も疲《つか》れていたのか、亀安上野寺の部屋内が静かになるのは、とても早かった。


「きゅうーっ、きょんべーっ」

翌朝のこと。亀安上野寺の内に、とんでもない悲鳴が響き渡り、若だんな達は一斉に飛び起きた。

「怪しい男どもが、襲来したか」

魂消た鳴家達が天井を駆け回り、金次や屏風のぞきが、部屋にあった心張《しんば》り棒《ぼう》を手に、身構えている。

若だんなも床から半身を起こし、周りを見た。だがその後、騒ぎは聞こえてこない。

「おや、今聞こえた声、何だったんだろ」

首を巡らせると、若だんなの布団の傍らで、鳴家が小さくなって震えていた。

「鳴家や、どうしたの？」

「きゅべ、鳴家を見てきた」

「えっ？　あっ……」

若だんなが目を見開く。小鬼の横に、思わぬものが現れていた。

「これ、一昨日《おととい》御坊方へ返した、大日如来様だ。何でこんな所にあるんだろう」

若だんなは確かに、亀安寺の僧へ渡している。妖達が、揃って首を傾げた。

「白雲さん達、やっと戻って来たと言って、急いで本堂にお祀りしてたよな？」

なのに、その大事な仏像が、寝間にあるとは、どういう事なのだろうか。屛風のぞきは顔色を変えている。

「はて？」

すると、僧達はとうに起きていたのか、足音が、部屋へ近づいて来た。妖達が、若だんなの寝ている布団以外を畳んでいると、白雲、黄真、青昌の三人が、引きつった顔を見せてきた。

「あの、そのっ、つかぬ事をお聞きしますが」

「はいはい、大事が起きましたね」

「その……我が寺の、大事な仏像を見なかったでしょうか」

せっかく帰ってきた仏像が、また消えたと言う、白雲の声が低い。金次が、落ち着いて言った。

「仏像、大日如来様だったっけ。そのね、目が覚めたら、布団の脇《わき》に現れてたぞ」

若だんながここで、現れた仏像を、そっと白雲の手に乗せる。僧達の表情が一瞬で、泣いているかのように変わった。

それから僧三人は、他に誰もいないのに、周りを確かめるように、まず目を配った。次に声を潜めると、長崎屋の皆へ語ってくる。

「これは……我らがご本尊は、また動かれたようだ」

本当だと、三人は口々に言ったのだ。

「ほお、仏が動いたか。ま、大日如来様だ。そういうことも、あるかもな」

妖達は揃って、真面目に頷いている。僧達は顔を強ばらせたまま、語り続けた。

「信じられぬ事でしょう。そのお気持ちは、分かります。そのようなこと、この世の理から、外れておりますから」

屏風のぞきが、少し笑った。

「ま、そんなに堅く考える事もないさ。何しろ相手は神仏だからね」

「しかしです、我らは驚きません。何故なら、です」

白雲によると、実は亀安寺の御仏が、勝手な振る舞いを見せたのは、今回が初めてではないらしい。いや、実は何度もあったという。

「前回、突然姿を消されたのは、野分の大風が吹いた、秋の事だったと覚えております。御仏は深川の亀安寺から、消えました」

必死に探したが、何としても仏は寺で見つからない。僧達は寺の外も探す決意をして、大荒れに荒れている天候の下へ、飛び出して行ったのだ。

「ああ、分かります。若だんなの為なら、嵐でも出なきゃならないんです」

「お鈴さん、でしたっけ、分かってもらえて、嬉しいです。我らは風に吹き飛ばされるようにして探し歩き、その内、本当に飛ばされてしまった」

たまたま見つけた蕎麦《そば》屋へ入れてもらって、何とか助かった。しかし嵐は益々酷くなり、深川へ帰れなくなったのだ。

翌日、急ぎ戻ると、寺は嵐で半ば潰れていた。しかし何故だか御仏は、何事も無かったかのように、寺内にあった。

「ううむ、日の本では神でなく、仏までもが、気まぐれに動かれるのか。付き合いがないんで、仏の事はよく分からないが」

金次が呆れたように言うと、この辺りでようよう、僧と妖の話が噛《か》み合い始めた。大日如来が神ではないという妖の言葉に、黄真が話を返したのだ。

「あの、大日如来様は、もちろん御仏であられます。けれど、です」

この御仏には、別の名もあるという。そしてそれは、神の御名であった。

「大日如来様は　天照大神《あまてらすおおみかみ》でもあると、言う者がおります。神も仏も、ありがたいと崇める者は、日の本に多うございますから」

「へっ？　そこの御仏は、天照大神でもあるって？」

途端、長崎屋の妖達が黙《だま》り込む。金次とおしろが、顔を引きつらせて見合った。

「ほほう、神様が、すでに我らの傍らに、おいでだったのか」

「あらあら、だから毎日が、大荒れなのかしら」

いやいや、そんな言葉を口にしたら、どういう明日が待っているか知れたものではない。屏風のぞきが止めろと言い、怖い顔になる。

「二人とも、阿呆を口にするなよ」

「ぎゅいぎゅい」

二人は急ぎ頷く。しかし金次は、懲りずに言い足した。

「色々あった末に、若だんなは亀安上野寺に行き着いた。そしてその寺には、神様がおわしたんだ。うん、初めから、そう定まっていた気がするな。何かが起きるって思うぞ」

天照大神でもある大日如来ときたら、深川の寺から一旦消え、更に今、亀安上野寺の内を動き回っている。多分その何かは、もう避けられないものなのだろう。

「さてさて、恐いじゃないか」

その何かが来た時、妖達は何をすべきなのか。いや、何をする羽目《はめ》になるのか。金次が僧三人を見ると、御仏の像を抱え呆然としている。すると若だんなが、笑うように言った。

「きっと、命がけの事じゃないかな。とんでもない事は、もう起きているのかも」

野分の日、嵐を押して、僧達は深川の寺から出た。そうしなかったらおそらく、寺と一緒に潰れていただろう。

「きっと、ごほっ、そんな事が起きそう」

ここで火幻が、怖い顔を若だんなへ向ける。そして、いつの間に作ったのか、新たな薬湯を差し出してきた。そういう大事が起きるのなら、今の内に一服、飲んでくれと言うのだ。

「飲んだら若だんなは、寝て下さい。何かが起きたら、休む事が難しくなるでしょうから」

若だんなは布団に埋《う》められた。

28

その日妖達は、亀安上野寺の部屋で、まずは夕餉のおかずについて語った。

「芋の煮《に》しめと沢庵《たくあん》だった。うむ、味付けは良かったが、亀安上野寺は、金がないのかね」

その後、これから何が起きると思うか、それぞれが考えを口にしていった。

とんでもない事が起きるのを、楽しみに待っているかのようであった。まずはおしろが、襲ってくるだろう災難を口にする。

「大久呂屋が寄越す、お兄さん達が恐いですね。広徳寺に現れなかった若だんなが、一体どこにいるのか、今頃、探していると思います」

本当にろくでもない者達が、今にも現れそうで、妖達は部屋の障子戸を見ている。だが屏風のぞきは、厄災《やくさい》は、深川の亀安寺が、やっていけなくなる事ではないかと言い出した。

「あの大日如来様に振り回されて、御坊達は深川を離れてる。檀家は放って置かれてるみたいだ」

しかし、江戸に寺はごまんとある。このまま御仏に振り回され続けたら、御仏ではなく、檀家の方が消えてなくなりそうだ。

「けほっ、怖いね」

若だんなが、まさか、とは言わなかったので、屏風のぞきが口の端を引き上げている。次に語ったのは金次で、己の枕を手に取って回すと、新たに起きる厄災は、若だんなを巻き込むだろうと語った。

「若だんなは今回、この五年後へ来た。あり得ないことが起きたんだから、訳があるはずだ」

そして若だんなは、まだ帰れていない。

「つまり、若だんなを呼んだ誰かがいて、この先、更に若だんなを使う気でいるのかも。恐い事になるかも知れないぞ」

鈴彦姫が、金次を睨んだ。

「若だんなの熱が高い時に、そんな事を言うのは、止めて下さい。眠れなくなりそうです」

「ひゃひゃっ、こりゃ済まん。でも、何かが起きる時は、嫌でも起きる」

金次がしれっと言うと、鈴彦姫とおしろが、貧乏神へ鳴家を投げつけた。

「突然起きる災難です」

飛ぶ事が上手くなった小鬼らは、見事に金次へ着地すると、景気よくがぶがぶと嚙みつく。

「きゅんいーっ、鳴家は強い。いっちばん」

「こら、小鬼、止めないか。痛いっ」

だが、さすがは貧乏神であった。鳴家の一匹をひょいと摑むと、若だんなの側にあった喉《のど》の飴《あめ》を、その口に放り込んだ。

途端、鳴家達は金次より飴が気に入り、嬉しそうになめ、嚙む事を止めてしまった。

「こほっ、わあ、金次ったら強いね」

その場は金次の勝ちと決まった。だが他の鳴家達が、飴を全部なめてしまったので、金次は、医者の火幻に叱られる。

おまけに火幻が、仁吉に飴を持ってきてもらうと言ったので、妖達は震えた。

するとその日、広徳寺の寛朝から、居場所を伝え聞いたと言って、本当に仁吉と薬がやってきた。そして兄やは若だんなを見て、暫くぶりだと泣くことになった。

「良かった、ちゃんと生きていたんですね」

それを確かめる為、佐助と交代で、これからはもっとまめに、顔を見に来るという。

「ここのところ、火事だの野分だの嫌な夢を見るんで、心配が募ってまして」

若だんなの顔を見たので、落ち着けたと仁吉は言ったのだ。

ただ屛風のぞきやおしろから、大日如来と天照大神の話を聞くと、万物を知る白沢《はくたく》の仁吉は、直ぐに顔を顰めた。

「神と仏の名は、重なるものだからな。しかし天照大神が若だんなの傍らに、姿をお見せになったとは」

心配だと漏らしたが、長崎屋には今、主夫妻がいない。それで兄や達は店を、なかなか離れられないのだ。とにかく若だんな第一だと、仁吉は皆に念を押した。

「何かあったらこの亀安上野寺を出て、広徳寺へ行くように。大久呂屋が来るかもと心配だが、あそこは大きく、僧の数も多いから」

逃れてきた者を、庇えるだけの余力があるのだ。仁吉はその後、山ほど心配を口にしつつ、手持ちの飴を残して帰る事になった。

ここで、まだ兄や達の心配に慣れていない火幻が、驚いた顔でつぶやいた。

「いや、これまでにも、何度か聞いてたけど。兄やさん達の心配は、本当に凄いねぇ」

火幻はしみじみ言ったが、他の妖達は、今日はまだ、落ち着いていた方だと言い切った。若だんなの熱は下がり始めていたのだ。

夜は皆で、場久が書き残したものを、どうやって調べて行くか考えて過ごした。

そして。

その日の夜中、亀安上野寺の一間で、若だんな達はいきなり飛び起きた。

「きゅげっ、何？」

「半鐘《はんしょう》が鳴ってる。擦《す》り半《ばん》だっ。近火の知らせだよ」

屏風のぞきの一言で、寝ていた皆も布団から出た。擦り半を聞いて寝ている者は、江戸の夜を、生き延びていけないのだ。

おしろが、燃えているのが亀安上野寺かどうかを、急ぎ確かめてきた。

「まだ、この寺に燃え移ってなかったわ。火元は亀安上野寺じゃありません。けど」

亀安上野寺の直ぐ裏手から、火の手が上がっているという。そして風が吹いていた。

「布団を畳んでる暇はありません。着るものを持って、直ぐに寺から出なくては」

仁吉が言い置いていったように、広徳寺へ行かねばならないと分かった。

「あの寺は広いです。あそこへいけば、火から逃げられるでしょう」

医者である火幻が、薬をまとめているので、後で長崎屋から持ってきてもらえばいいと、屏風のぞきが無理矢理引ったてる。若だんなは暗い中、鈴彦姫に袖を引かれ、廊下から堂の表へ出た。するとと火事の火で、辺りが明るくなっており、若だんなでも足下が見えた。

その時、小鬼達が悲鳴をあげ、若だんなへ飛びついてくる。

「きょんげーっ、熱い、恐いっ」

風向きが悪かったのか、早くも火は、亀安上野寺の本堂へ燃え広がっていたのだ。火の側にいる訳でもないのに、顔が熱であぶられる。

「げほっ、鳴家、早く袖に入って」

小鬼達が袖内へ飛び込むと、皆は門に続く境内へと向かう。本堂は敷地《しきち》の奥に建っていた。煙に巻かれる前に、早く寺から出なければならない。

ところがここで、若だんなの足が止まった。急に胸元が、重くなった気がしたのだ。

「若だんな、どうしました？　具合が悪いんですか？」

一緒に足を止めた鈴彦姫が、急ぎ問うてくる。若だんなは返事の代わりに、懐に手を突っ込み、手に触れたものを取り出した。今の今まで、そんなものが着物の内に入っているとは、思いもしなかったものであった。

「きゅい？　ぶつぞう？」

本堂にあるはずのものが、どうして、若だんなの懐の中に現れるのだろうか。

「大日如来様だから？　今までにも、消えた事のある御仏だからか？」

しかし僧達三人が真っ先に持って逃げそうなのにと思った所で、若だんなは本堂を振り返る。既に火は堂の屋根を駆け上がり、一気に燃え広がっているのが見えた。火幻が顔を顰め、咳をする。

「風向きのせいだな。こんなに急に、火が回るなんて」

余りに危ういので、御仏は己で火から逃れたのかと思った。深川が野分に襲われた時、御仏は姿を一旦消し、そして助かっているのだ。

だが、若だんなは顔を強ばらせる。

「こんなに熱いのに、御坊三人がいない」

若だんな達が寝ていた部屋より、御坊達の寝所は、本堂に近かった。いやそれより、火事となれば僧達はまず、寺の大事なものを救うため、本堂へ行った筈だ。

そしてその堂には、既に火が燃え移っている。

「御坊三人は、まだあの火の中にいるの？」

若だんなが、思わず高い声を上げる。妖達が一斉に、燃え上がる本堂へ目を向けた。

29

「あ、分かった」

火事から逃げている途中だというのに、若だんなは寸の間、全く違う事を考えていた。何でこの五年後へ呼ばれたのか、得心したのだ。

一年後でも、十年後でもなく、五年後でなければならなかった。同じ江戸ではあっても、全く知らない時へ、若だんなは来なくてはならなかったのだ。

五年後の江戸で、若だんなは長崎屋には居られず、大久呂屋に追われた。広徳寺からも出る事になり、この亀安上野寺へ、来る事になった。

そして火事が起き、手の中にある大日如来の仏像を見つめる事になった。

「以津真天がきっかけを作って、私達を元の江戸から引き離した。でも、今宵《こよい》ここへ私を呼んだのは、御仏、あなた様ですね」

訳は、この火事だ。そうに違いなかった。

「御身一つなら、野分の嵐からとて、逃れられます」

そうやって、亀安寺の本尊は今まで無事にいたのだ。しかし。

「御坊達は、人だ。火に包まれた本堂から、一瞬で逃れる事は出来ない。このままでは、焼け死んでしまう」

だけど。若だんなはここで、また小さな御仏を見た。

「私がいれば、御坊方は助かるんですか？　私は、ただの人なのに」

そう言った途端、屏風のぞきが恐い顔で、若だんなの着物を摑んできた。

「火が近寄ってきてる。早く門へ行けっ」

「でも御坊達の姿が、見えないんだっ」

するとここで、何と火幻が若だんなへ、安心しろと言って来た。

「おれが影内から、本堂へ行ってみるよ。まだ三人が生きてるなら、影の中へ落として、境内まで引きずってくる」

「おやぁ、火幻先生、親切だね」

「今の、若だんなの言葉を聞いた。もし三人の坊さんの為に、その御仏が我らを五年後へ呼んだんなら、三人を助けないと、事が進まないって気がする」

若だんなが居る所には、妖がいるのだ。そして妖であれば、僧三人を、火から助ける事が出来る。

「それで御仏は、我らをこの場へ連れてきたのかね。さて、皆が言ってた通りだ。神と名の付くお方は、恐いね」

迷《まよ》っている間はない。そう思ったから、火幻は動くのだ。

「鈴彦姫さん、おしろさん、早く若だんなを引っ張って、広徳寺へ行ってくれ。煙に巻かれる」

「分かりました」

思い切り引かれた時、若だんなの傍らにいた金次や屛風のぞきも、声を残して影内に消えた。

「一人で三人を連れ出すのは、大変だ。この金次も行くよ」

「待ってくれ、一緒に行く」

火の粉が降って来て、小鬼達が甲高《かんだか》い声で鳴き出す。

「あ……火が、恐くて熱くて綺麗だ」

若だんな達は、もう躊躇う事も出来ず、必死に亀安上野寺の境内から駆け出て行った。


火事は、亀安上野寺があった辺りから、南へ燃え進んで、神田川で止まった。

若だんな達は、仁吉から言われた通り広徳寺へ逃げ、無事でいられた。広徳寺は亀安上野寺の北側にあったので焼けず、近在の寺と力を合わせ、寺を失った僧達を迎えていた。

上野で火事と聞き、顔色を変えた佐助が、大急ぎで広徳寺へ顔を出し、若だんなを見ると抱え上げて泣いた。

するとじき、上野の寺が全部燃えたようだと言って、河童の杉戸と松戸までが、広徳寺の直歳寮へ顔を見せてくる。若だんな達は一旦、寮の一部屋に、身を寄せていた。

「禰々子姉さんが、若だんな達に、船宿へ来てもらえと言ってるんです。不忍池《しのばずのいけ》の東側は、焼け野原になったみたいだから、寝る場所にも困ってるだろうって」

寛朝が、苦笑を浮かべて河童達を見る。

「確かに沢山の寺が、焼けたがな。しかし、上野には寺が多い。燃えてしまった寺は、一部だけだ。この通り、広徳寺も無事だぞ」

杉戸と松戸は首を傾げた。

「はて、そんなにお寺ばかりあって、どうするんでしょう。寺、余っちまいませんか？」

「いや、余ると言われても、な」

忙しいからか寛朝は、疲れたような顔になった。だが、河童達が見舞いだと言って、銀粒を一袋渡すと、ころりと機嫌を直し、笑顔で礼を言う。

「今は、この金子が心底有り難い。燃えてしまった寺の為に、必要になるだろう」

佐助は頷くと、境内に僧達が溢れていたから、若だんなの世話までを頼むのは、申し訳無いと言い出した。そして若だんな達がこれからどうするかを、直ぐに決めてしまう。

「禰々子さんの船宿で、しばらく若だんなを預かって頂けると、助かります」

まだ熱があるようなので、ゆっくり休める所がいいと、佐助が杉戸へ話している。

「あの、佐助。宿屋という手も、あると思うんだけど」

若だんなが言った途端、杉戸と松戸が、遠慮はいけないと返してきた。

「我らと若だんなの、仲じゃありませんか。まだ、大久呂屋への心配は無くなってないんでしょう？　宿屋じゃ迎《むか》え撃《う》つ用意が、満足に出来ませんよ」

「迎え撃つ？」

若だんな達と寛朝が、目を見合わせる事になった。

「今回、火事だって聞いた時、禰々子姉さんは、大久呂屋の付け火かと思ったようです」

よって大久呂屋が、二度と馬鹿な考えを持たないよう、きっちりやり返すと言い出したらしい。

「すると、です。何とそれを聞いた利根川、坂東太郎が張り切っちまいまして」

何しろ、天下にその名を知られる大河の化身は、凄かった。川底にある金や銀などを拾えば、人の世で使える事を、坂東太郎は河童達から学んでいたのだ。

それで小山が出来る程、利根川の底から金を集めると、大砲やら鉄砲やらを、盛大に買おうと言い出した。

「あの、大砲で何をやるの？」

若だんなが恐る恐る問うと、もちろん江戸の真ん中で、派手に撃つつもりらしいと、杉戸達が笑っている。山ほど弾を撃てば、いつか大久呂屋にも当たるというのだ。

「禰々子姉さんと坂東太郎が、考えを揃えたんです。ええ、こうなったら、滅多《めった》な事じゃ止まりませんよ」

大砲を存分撃つことで、二人の気が済むのなら、撃たせた方がいっそ安心だと、杉戸が言い切る。寛朝の傍らに現れた、弟子の秋英《しゅうえい》の顔が、文字通り青くなった所で、若だんなは杉戸に、是非、是非、禰々子や坂東太郎に会いたいと告げた。

「私は、日の本一の大河、坂東太郎とお会いした事が無かったように思う。ご挨拶をしたいんだ」

「おお、立派な心がけです」

「きゅい、きゅい」

「もちろん、坂東太郎は大層偉《えら》いお方なんだね。つまり日の本中の事を、考えて下さるだろう。禰々子さんだって、そうだよね」

「は、その通りです。我らが姉さんは、そりゃ、凄い河童なんですから」

得意になった杉戸達の鼻が、天を向く。若だんなは大いに頷いて、ならば二人に会った時、お願いしたい事があると告げたのだ。

「杉戸さん達が見ても分かるように、この辺りの寺は燃えてしまってる。お坊さん方は、読経《どきょう》をあげる寺どころか、明日から寝る場所もないんだ」

だから。若だんなは禰々子と坂東太郎に、可哀想な僧達へ、慈悲《じひ》の心を向けて欲しいと願うのだ。

「そのね、どっかんと大砲を撃つ代わりに、それを買うお金で、寺の堂宇を建てる木材を、買って下さらないかな」

そうすれば僧達は、禰々子や坂東太郎の名を称え、まるで御仏に向かうように手を合わせ、二人の名を唱《とな》えるだろう。

「素晴らしいことだ。僧達は他の者に、そんなことをしたりしないもの」

若だんなが熱心に言うと、杉戸達は頷いた。しかし。

「うちの姉さん達が、ご自分でもそう思うかは別の話でして。わたしは姉さんだと、大砲をぶっ放す方が、お好きだと思うんですけど」

「きょげーっ？」

若だんなが疲れて、言葉が続かなくなってきた時、ふっと、おしろが笑った。そして、禰々子達が大砲を撃つのに夢中になって、船宿から出掛けたら、若だんなが寂《さび》しがると言ったのだ。

「せっかく河童の船宿で、お世話になるという話が出てるんです。もちろん禰々子親分や坂東太郎さんと、じっくり話したいじゃないですか」

ちなみに、おしろや金次、屏風のぞきなどは、酒が強いという。

「河童方は、飲めますか？　一緒に一樽、二樽飲み干したら、楽しかろうと思うんですが」

「もちろん飲めますとも。禰々子姉さんなんて、水みたいに酒を飲むんですよ」

松戸が目を煌めかせた。

「まあ、嬉しい。若だんな、是非、河童の船宿へ伺いましょう」

「そうだね、そして禰々子さん達と会って、江戸の危機を何とかしてもらう」

寛朝が横から、出来たら大砲の代わりに、木材を買うという案を、何とか叶《かな》えてくれと言ってくる。若だんな達が広徳寺を離れるため、支度《したく》を始めると、白雲、黄真、青昌の三人が、急ぎ別れの挨拶にやってきた。

「長崎屋の皆さんも、助かって良かった。お元気で。我らは御仏と深川へ帰りますが、機会があったら、亀安寺へおいでになって下さい」

御坊たちは、火幻達が本堂から助けたのだが、炎と煙に巻かれ、誰が何をしてくれたのか、全く分かっていない。よって全ては御仏の業、大日如来の功徳《くどく》ゆえに、自分達は助かったと思っているのだ。

妖三人への礼のない、爽《さわ》やかな別れとなった為か、小鬼達は不満げに鳴いた。

「きゅんべ、びょーぶが助けた。白、黄、青は、あほっ」

「もし大日如来様、つまり天照大神が、若だんな達を五年後へ誘《いざな》われたのなら。三人の僧を助けたのは、御仏だろうよ」

火幻が笑った。三人の僧が、亀安寺の本尊へ感謝を向けるのは、正しい行いなのだ。そして神の御業はいつも、人の考えなど及《およ》ばない程、強烈なものであった。

「我らは、ちゃんと働いたよね。三人の御坊も助かった。けど、この後どうやって元に戻ればいいのか、やっぱり、さっぱり分からないときた」

ご褒美に、御仏が教えて下さらないものかと火幻が言ったが、妖達は眉間に皺を寄せ、頷かない。

「神様が、そんな事をなすったら、却って怖いじゃないか」

「屛風のぞき、そいつは言えてるぞ」

金次も頷くと、どうしようも無い事より、先に江戸の危機を何とかしようと、船宿へ向かう支度をする。

「このままだと江戸が、戦国の世に戻っちまいそうだからな」

若だんなは、自分も働こうとした所で、座っていろと言われ、表廊下の隅に置かれ溜息をついた。すると傍らに佐助が立ち、若だんなへそっと話を向けてくる。

「とにかく若だんなが無事で、良かった。やはり私か仁吉のどちらかが、常に傍らにいなくては、心配ですね」

大丈夫だと言ってから、若だんなはふと、何かが気になった。こうも心配ばかりしているのに、仁吉も佐助もここのところ、若だんなの側に居ないことが多いのだ。

（おとっつぁんのいない長崎屋を、預かってるからだと言ってたけど。うちの大番頭さん達は、頼りになるよね）

何か、余程の事があったので、わざわざ若だんなから、離れていたのではなかろうか。そんな風に思い付くと、それが正しい考えだろうと強く思えてくる。

(けど、何があったんだろう)

若だんなへの心配より、大事な事なのだろうか。暫く考えても、事情が思い浮かばなかったので、若だんなは腹を決めた。

佐助へ、正面から聞いてみる事にしたのだ。

「佐助、何かあったんじゃないの？　事情、教えてくれないかな？」

はっきりと言うと、佐助に貰った薬を検めていた火幻が、さっと部屋内から若だんな達を見てくる。佐助は黒目を一寸、針のように細くしてから、しょうがないといった様子で、語り出した。

「若だんなが、薬升を江戸から消して下さいました。これで大久呂屋は、長崎屋が作り出した薬を使って、儲ける事が出来なくなりました」

佐助と仁吉は頃良しと考え、そろそろ大久呂屋に、通町から消えて貰おうと話し合ったのだ。

「店が潰れるとか、上方へ行くとか、訳は何でもいいのです。目の前から消えて欲しい。あの薬種屋は機会があったら、またろくでもないことをやりそうですから」

ところが、簡単に追い払《はら》えると思っていた大久呂屋を、存外直ぐには追えなかった。何故なら。

「……何があったのかな？」

佐助は寸の間、言いよどんだ後、自分と仁吉が、大久呂屋の近くで、見た者の事を口にする。

「大久呂屋ですが、仲間がいたんですよ」

「そりゃ、いてもおかしくはないだろうけど」

若だんなと火幻が、首を傾げる。佐助は眼差しを火幻へ移すと、大久呂屋の相棒について教えてきた。

「あの、ろくでなしの片腕は、妖だった」

それも長崎屋の皆が、良く知っている者であったのだ。そこまで言うと、火幻が身を震わせてくる。佐助は言葉を止めなかった。

「その男の名は、〝以津真天〟だったよ」

どこかへ逃げ、もう長崎屋とは関わらない筈だったのに。西から来た妖は、いつの間にか五年後に現れていた。そして又、若だんなの近くへ現れたのだ。

「人には化けられないので、人の姿にはなれないと思っていました。だが。以津真天は、誰かに取り憑いているようです」

「何と。妖はそういう手も使えるんだね」

「それで我らは、直ぐに敵方を打ち負かし、追い払う事が出来なくなりました」

若だんなにも、事情は分かった。

「何故なら以津真天は、私達が五年前へ戻る方法を、承知してるかもしれないからだ」

佐助がゆっくりと頷いた。

30

上野の火事の後、若だんな達は、世話になっていた広徳寺を一旦離れ、神田にある船宿へ向かった。河童達が、船宿を開くつもりの店で、しばし過ごせと言ってくれたからだ。

思いの外の家移りだと、仁吉《にきち》が急ぎ急ぎ広徳寺に来て、佐助《さすけ》と交代した。河童の宿に着くと、まだ商いを始めていないのに土間《どま》には、薦《こも》付きの酒樽《さかだる》が積み重なっていた。禰々子《ねねこ》達河童は、底抜けに酒が飲めるのだ。

宿には禰々子だけでなく、利根川の化身、坂東太郎《ばんどうたろう》もいたので、長崎屋の皆はまず挨拶をした。そして仁吉が頭を下げ、これまでに長崎屋で何が起きたかを、二人へ伝えたのだ。

「長崎屋としては、若だんな達を五年前へ帰したい。それを第一に考え、頑張っております」

妖達の頭も下げられる。禰々子達は鷹揚《おうよう》に頷くと、暫くこの船宿に居ればいいと、優しく言ってくれた。

「しかし五年後へ来ちまうとは、思いもかけない災難だったね。若だんなは熱があるみたいだし、しばらく、ゆっくりしたらいいさ」

長崎屋の面々は、とにかくほっとしたのだ。

ところが、神田での毎日は、ちっとも落ち着かなかった。

まず、船宿に着いて三日経ったころ、驚くような客が現れた。広徳寺で家移り先を聞いたと言って、何と、大久呂屋の番頭が訪ねてきたのだ。

おしろが顔を顰めつつ、若だんなへ話してきた。

「寛朝《かんちょう》様が、勝手をしたんですよ。番頭さんから事情を聞いた後、一度若だんなに会った方が良いと、船宿の場所を教えたんです」

悪徳《あくとく》商人の奉公《ほうこう》人に、何の話があるのかと、長崎屋の妖達は顔を険しくしている。

船宿の裏手で表廊下に座った番頭と、直に対面したのは仁吉であった。若だんなと妖達は、開け放った部屋の障子戸の奥で、話を聞く事になった。

「私は大久呂屋の、番頭でございます。ああ、お互《たが》い承知《しょうち》ですよね。それで今日、こちらの船宿に来た訳なんですが」

実は……。番頭は一寸《ちょっと》、言いにくそうな様子で言葉を切った後、語り出した。

「実は先に手前は、一人の男と知り合いました。回向院を訪ねた時、境内の井戸から悲鳴《ひめい》が聞こえまして。男を、井戸内から助けたんです」

命は助かったものの、その男はもちろんずぶ濡れだ。以津真天《いつまで》だと、変な名を名乗ったというので、妖達がざわめいた。

「以津真天！　何と、回向院に現れたのか」

「すると、驚きました。その以津真天さんは、何と長崎屋の若だんなへ届け物をする為、この江戸へ来たと言ったんですよ」

ただ井戸に落ちたせいか、以津真天は随分、調子が悪いように思えた。

「それで私は、うちの大久呂屋へ連れて行って、まず着替えさせました。そして、休ませていたんです」

するとその間に主の大久呂屋が、以津真天の持ち物を勝手に検めた。若だんなの名が出たので、気になったらしい。

「届け物は、印が付いた地図でした。大きな字で、場久《ばきゅう》と書いてありました」

「何と、場久さんからの知らせが来たぞ。これは助かった」

屏風《びょうぶ》のぞきが部屋内で、嬉しげな声を上げる。だがその喜びは、それこそ一瞬《いっしゅん》しか続かなかった。

「済《す》みません、主の大久呂屋はその地図を、直ぐに火鉢《ひばち》にくべて、焼いてしまいました」

「は？　勝手に客の持ち物を、燃やしたって？」

部屋内にいた妖達の声が、一斉《いっせい》に厳しいものになる。表廊下に座っていた番頭は、一寸身を縮めた。

「何しろ主は、長崎屋の若だんなの事を、そりゃ怒ってまして。うちの店から突然《とつぜん》、薬升が無くなったのは、若だんなのせいだと、思い込んでいるんですよ」

番頭が、若だんなの盗みを見た者はいないと繰り返しても、とんと聞かないという。

「あの薬升が無くなってから、店の売り上げが落ちているんで、尚更です」

最近大久呂屋では不運が続いており、主はその全てが、長崎屋のせいだと言っているらしい。その思い込みのせいか、大久呂屋は地図を燃やしてしまい、気づいた以津真天は怒った。すると大久呂屋は何と、店奥の内蔵へ、以津真天を閉じ込めてしまったのだ。

「きゅんげ？」

番頭は、困った顔になった。

「客人を、蔵へ閉じ込めたと知れたら、同心《どうしん》の旦那に捕《つか》まってしまいます。癇癪《かんしゃく》を起こすのは止めて欲しいと、私は言ったんです」

このままでは店が危うくなると、番頭は必死に止めたのだ。すると。

「私は、主に顎《あご》を殴《なぐ》られました」

まだ痛いと、番頭が顎へ手を当てている。

「あらぁ、それはお気の毒」

鈴彦姫《すずひこひめ》が部屋から現《あらわ》れ、茶を出すと、番頭は、それは嬉しそうな顔になった。

「店の売り上げは減っていて、多分私の、暖簾分けは無理です。そんな時に、主は私を殴ったんです」

内蔵の以津真天へ飯を持っていった時、もう嫌《いや》だと、番頭は思わず愚痴ってしまった。すると以津真天は番頭へ、思わぬ事を言ったのだ。

「あの阿呆、何を言ったのかな」

仁吉が低い声を出すと、番頭はまた一寸躊躇い、辺りを見回した。その後ようよう、小声で語ったのだ。

「以津真天さんは、大久呂屋の蔵から、逃がして欲《ほ》しいと言いました。その代《か》わり、長崎屋さんが金を出し、私を店主にしてくれると約束しました」

「はぁっ？」

魂消た声が、部屋内に響《ひび》く。大きな声が恐《こわ》かったのか、番頭は身を小さくして続きを語った。

「以津真天さんは、若だんなの為、場久という人からの知らせを、長崎屋へ持っていかねばならないそうで」

それはもちろん、以津真天が持っていた地図のことだ。地図は大久呂屋に燃やされたが、以津真天は、ちゃんと肝心《かんじん》な所を覚えているという。だから。

「自分を内蔵から出し、あなたは店主になるべきだ。そう勧められたんです」

「……ほおぉ、あの男、勝手を言ってくれる」

若だんなには仁吉の目が、針のようになっていると分かった。恐くなったのか、番頭が言葉を切ったので、若だんなは部屋内から声を向けてみた。

「番頭さん、大久呂屋さんが閉じ込めている男を、勝手に蔵から出す気ですか。主と揉めることになりますよ」

自分の店を出したいようだが、元の主と揉めると、商売はやりにくくなる。

「そ、そりゃ、分かってます」

多分《たぶん》、その事は考えていなかったようで、番頭の声が裏返っている。若だんなは、ならば上方へ行き、そこで店を出すのはどうかと口にした。

「あの、この番頭の話を、承知するのですか？」

「仁吉、場久の地図に何が書いてあったか、知りたいじゃないか」

だから、以津真天を逃がしてくれるなら、小さな店を構えられるだけの為替を、番頭へ渡すと若だんなは言ったのだ。河童がくれた金があったから、金は何とかなった。

しかし、番頭は首を横に振った。

「為替は金に換《か》えられるか、確かじゃありません。駄目です、金でください。以津真天が逃げたら、私は大久呂屋に疑《うたが》われます。その前に、遠くへ行きたいんです」

もう、旅の用意は出来ていると、番頭は言ってくる。

「そういえば旅に出るような、身軽な格好《かっこう》をしてますね」

若だんなは一つ息をつくと、為替ではなく金を貰ったら、番頭は店主になれないと、落ち着いた声で言った。

「は？　金をくれないんですか？」

「どの町でも同じです。商売をするとなったら、金があるだけじゃ駄目なんですよ」

組合に入らなければ、やれない商いは多い。そもそも怪しい者には、家も土地も売ってもらえないのだ。店を売買するには、町名主等の承諾《しょうだく》が必要であった。

「番頭さん、この先、本気で商いをする気なら、それは心得《こころえ》ておかなくては」

はっきりそう告げると、番頭の顔が強ばっていく。

「新たに商う者は、他の商人の紹介状を持ち、為替を扱える信用がなければなりません。そして紹介状は、金よりも大事です」

江戸を離れるのなら、往来手形《おうらいてがた》も入り用であった。

「大久呂屋さんに知れるから、檀那寺《だんなでら》の御坊へ頼《たの》めないなら、広徳寺の寛朝様へお願いしてみて下さい。顔見知りのようだから、多分手形を書いて下さいます」

その代わり、以津真天をどうやって救う気か、ここできちんと語って欲しいと、若だんなは番頭へ頼んでみた。すると、本当に店主になれると分かってきたのか、大きく番頭が頷く。仁吉が為替を用意したので、若だんなは文の最後に印を押した。そして旅に出る為の金子を小さな巾着《きんちゃく》へ入れ、為替の横に置いた。

「旅支度は終えてますから、もう大久呂屋へは帰らないつもりでしょう？　以津真天をどうやって、蔵から出す気だったんですか？」

嘘《うそ》をついて逃げるかも知れない者に、若だんなは、金や為替を用意したのだ。番頭はようよう、まず真っ先に、やるべきであった事をした。

「あの、話を聞いて下さって、ありがとうございます」

そう言うと、若だんな達へ深く頭を下げたのだ。そして次に、内蔵から人を出す、心づもりを語った。

「その、私は、殴ってきた大久呂屋が、許せなかったんです。それで、若だんなが金を下さるかどうかにかかわらず、以津真天さんは、内蔵から出られるようにしてきました」

「おやおや」

番頭は大久呂屋を出る前に、蔵にいる以津真天へ、飯を届けておいたのだ。

「握り飯の下に、内蔵にある、窓の鍵を敷いておきました。窓は低い場所にある。具合が悪そうで、動くのも大変そうでしたが、あの窓なら出られる筈です」

後は長崎屋の離れへ行けば、この船宿にいる若だんなの所に、たどり着ける筈と言う。

仁吉が話と引き換えに、為替と巾着を番頭へ渡した。すると番頭は押し頂《いただ》くように、それらを懐へ入れてから立ち上がる。

「慌てずに、まずは広徳寺へ行って、手形を手に入れて下さいね」

心配になって若だんなが言うと、番頭は何度も頷いている。そして重ねて頭を下げてから、もう振り返らず、河童の船宿から旅立っていった。

31

その後寛朝から文が来て、大久呂屋の番頭へ、往来手形を渡したと分かった。

夜、船宿での夕餉の席で、禰々子や坂東太郎へ、若だんな達がその話を語ると、手下の河童杉《すぎ》戸《と》が、話に加わってくる。以津真天が場久の知らせを持って、この船宿へ顔を出したのかを、知りたがったのだ。

仁吉は膳の前で、首を横に振った。

「以津真天は、まだ長崎屋の離れへ来ていません。ですが、あの番頭が話をこしらえたとは、思えないんです」

嘘をついて、若だんなから金を巻き上げたのなら、番頭は、広徳寺には行かなかっただろう。

大久呂屋は近所の店なので、既に番頭の姿が、店にない事も分かっている。

「多分あの番頭は、本当に以津真天を逃がし、ちゃんと上方へ向かったんです」

なのに肝心の以津真天は、消えたままだ。坂東太郎が飯を見つつ、溜息を漏らした。

「つまり、以津真天は内蔵から逃げだしたけど、離れへ、場久さんの知らせを持ってこなかったって事か」

訳が分からないと、坂東太郎は眉根を寄《よ》せている。

「そうですね」

仁吉は溜息を吐《つ》くと、以津真天が五年前、火幻《かげん》医師を真似て、西から江戸へ来た事を語った。

そして若だんなや火幻達を、五年後の江戸へ送るという騒動《そうどう》を、引き起こしたのだ。

「ただ……あの以津真天自身に、時を超える、神仏のような力があった訳ではありません。闇の中に悪夢の道を作ったり、時を自在にする力は、なかろうと思います」

それで以津真天は五年前、悪夢を支配する場久を、上手く利用した。そこへ更に、己を守ってきた僧を案ずる、大日如来の意向が重なり、若だんなが五年という年月を越える事になったわけだ。

「大日如来様は、天照大神でもありました。つまり今回の事には、神仏の意向が関わっていたんです」

禰々子と坂東太郎が、口を歪めた。

「若だんな達が五年の時を動いたので、深川の寺の僧達は、火事から助けられたのか」

ならば天照大神に、五年前へ戻してもらう訳にはいかないのかと、坂東太郎は問うてきた。すると若だんなも仁吉も、長崎屋の妖達も、一斉に首を横に振った。

「日の本の神へ、大きな願い事をすべきではありません。今回は、天照大神が関わっておいでなので、願えば叶えて頂けるかも知れませんが……」

更に大きな悩み事が降《ふ》って来そうで、とてもではないが口に出来ないと、仁吉が言い切る。

「いや、駄目です。若だんなの無事が掛かっています。よって我らは、天照大神に願ったりはいたしません」

「きゅい、きゅべ、きゅんげ」

「お、おや。そういうものなのか」

日の本の神とは縁が薄《うす》いのか、河童と大河は目を見張《みは》っている。

だが一つ頷くと、ではこれからどうするのかと、長崎屋の皆へ問うてくる。若だんなは、以津真天と場久の関わりが、気になると言った。

「今回、以津真天が五年後へ来られたのは、悪夢を支配する場久のおかげだと思います。以津真天が持っていたという地図に、場久の名があったそうですから」

場久は五年前へ戻れたようで、若だんな達も帰る事が出来るように、頑張っているのだ。

「そして場久は地図に己の名を記《しる》し、それを持った以津真天が、五年後へ来ました。つまり五年前と通じている道が、既に出来てるのだと思います」

坂東太郎の横で、禰々子が首を傾げる。

「はて、それなら何で以津真天は、さっさと長崎屋の離れに現れて、一緒に帰らないんだ？」

部屋内の皆は、夕餉の膳を前に、眉間に皺を刻んだ。まず、火幻が口を開く。

「一つの考えとして、以津真天は、まだ作っている途中の道に気がつき、勝手にそれを使って、五年後へ来たのかも知れません」

若だんなが場久の道を使って、五年前へ戻る事が、気に食わないゆえだ。

「以津真天が若だんなを、五年後へ送った件が、無かった事になってしまいますから」

以津真天は、若だんなが五年前へ戻らないよう、止めに来たのかも知れない。それならば、まだ離れへ来ていない事情は分かるという。地図は以津真天が、勝手に作ったという考えだ。

だが金次《きんじ》は、首を横に振った。

「あたしは、場久自身があの以津真天を、ここへ送り込んだと思うよ」

悪夢の内に作った闇の道を、実際に若だんな達が使えるかどうか、以津真天で試したのではないか。

「実際、以津真天は回向院で井戸に落ちて、具合が悪くなってたんだろ？　若だんなが無事に通れるか、心配したのさ」

万に一つのことがあったら、大事になる。若だんなの命と、長崎屋の全てが吹っ飛んでしまうのだ。

金次はそう、真面目に言った。

すると今度はおしろが、首を傾げる。

「あの、以津真天はどうして、この五年後へ来たんでしょう。場久さんも、危ないと思ってる道を、使ったんですよね？」

以津真天には、五年後へ来なければならない事情はない。

「以津真天はやっぱり、若だんなが帰るのを、邪魔《じゃま》する気だとしか思えません。恐いわ」

おしろが酒杯に酒を貰い、溜息を吐いている。すると仁吉は、以津真天の意向はどちらでもいいと、はっきり言った。

「とにかく、以津真天が五年前から来たという話は、吉報《きっぽう》です」

若だんなが帰れる道が、この江戸にあるという事であった。

「ただ一つだけ……大久呂屋が、場久が書いた地図を見たようなので、それは不安ですね。以津真天が若だんなへ届けに来た、大事な地図だと分かってますから」

大久呂屋は長崎屋の若だんなの、敵方なのだ。場久の地図が示していたものを見つけたら、駄目にしかねない。下手をしたら以津真天と大久呂屋が、二手から若だんなの帰還を、邪魔しそうであった。

するとﾈ爾々子は、きっぱりと言う。

「ならば、やることは一つだ。若だんな、病で大変だろうけど、頑張って道を見つけな。そして、さっさと帰るんだね」

今回の件は、五年の月日をまたいでしまった、若だんな達の戦いなのだ。帰るのは若だんな自身であり、他の者に代わって貰う訳にはいかない。

すると坂東太郎がふと、何で以津真天は、五年後へ来るほど、若だんなにこだわるのかとつぶやいた。

「そもそも以津真天って妖は、西の者なんだろ。若だんなと、大した縁はない筈だ」

ここで、気がつけば鳶樽が空になるほど飲んでいた金次が、明るく言った。

「あの以津真天は、同じ西の妖、火幻先生にもからんでたな。でもさ、火幻先生とだって、縁は薄かった筈だ」

なのに以津真天は、何で火幻だけ江戸に馴染めるんだと、愚痴のような嘆きを、やたらと言っていた。火幻が頷き、自分も不思議な気がしたと、口にしている。

「きゅんべ？　なげき？」

若だんなが、首を傾げる鳴家《やなり》を撫でてから、中身の減らない酒杯を片手に、静かに言った。

「以津真天は、総身が重いほど、寂しいんだと思います」

「きゅい、おもい？」

気持ちに重さがあるというのも妙だが、そうとしか言いようがなかった。

「前にも、寂しさに包まれている妖に、会った事があるんです。狐者異《こわい》という名前だった」

若だんなが手を差し伸べても、摑むことすら出来ない妖で、叫び出すような思いを、内に抱えていたと思う。若だんなは、狐者異を救う事どころか、関わり続ける事すらできなかった。狐者異との縁は、あっという間に切れてしまったのだ。

「私は、今回の以津真天にも、似たものを感じるんです」

寂しい。

怖い、助けて、嫌だ。寂しい。

寂しい、辛《つら》い、寂しい、寂しいっ。

自分はこんな思いを日々抱えて、立ち上がる事も苦しいのに。もし顔見知りの火幻だけ、日々笑って過ごせていたら、もっと寂しくて辛い。

だから以津真天は火幻に、長崎屋の皆と、楽しく過ごして欲しくはないのだ。火幻を仲間に入れてしまった若だんなの事は、誰より許せないのだろう。

「以津真天は、そんな風に思っている気がしてます」

では、どういう明日が来たら、以津真天は満足するのか、若だんなには分からない。

「私が帰れず、以津真天のいるこの五年後の江戸で、ずっと困っていたら。以津真天は嬉しいのかな」

すると坂東太郎は、何とも言いがたいような笑みを、若だんなへ向けてきた。

「私も、千々《ちぢ》に乱れたような思いに、時々出会う事があるな。この身は、利根川という大河だ。

時々その流れに沈んで、あの世へ旅立つ者がいるゆえ」

たまに薦に巻かれ、人の手で川へ放り込まれる者すら、この世にはいるのだ。

「あ……」

部屋内にいる妖達の目が、坂東太郎に集まる。太郎は笑って、人の身で、そんな思いの重さは、受け止めきれるものではないと言い切った。

「若だんなも、受け止めずともよい」

利根川に沈んだ思いは、流れに運ばれ、いずれ海へと去っていく。

「そうと分かっているから、寂しさが流れ来ても、私は受け止められる。川から消える者だと、承知だからだ」

「……そうでしたか」

大河は昨日も今日も、明日も頼りにされるゆえ、大変ですねと言うと、禰々子と太郎は、優しげな顔になっている。それから禰々子は若だんなへ、この後、どう動くつもりか聞いてきた。

「急ぐんだろ？　うちの河童達にも、帰り道を探させようか？」

船頭が多くいるから、河童の助けがあれば、舟で楽に行き来できるのだ。

だが若だんなより先に、長崎屋の妖達が、禰々子の言葉を断《た》った。特に火幻は、きっぱり首を横に振ったのだ。

「以津真天が起こした騒ぎを、他の妖にどうにかして貰ったんじゃ、この先の困りごとを、己で始末《しまつ》出来なくなります。禰々子親分、若だんなは、我らでちゃんと助けたい」

一寸優しい顔になって、禰々子は黙って頷いた。若だんなはここで、急に元の江戸へ帰るかも知れないので、まずは一度、回向院へ行くつもりだと、皆へ告げた。

鈴彦姫が頷く。

「於《お》りんさんに、会いにゆくのですね。ええ、若だんなの許嫁ですもの」

鈴彦姫は禰々子達へ、中屋の於りんは今、回向院の団子屋で働いているのだと告げた。

「若だんなが行方知れずになったものだから、他の縁談が来たようで。逃れる為に、家から離れたんですよ」

「あ、そうか。五年後の江戸にも、許嫁の子はいるものね。おや子供だと思ってたら、娘さんになっていたのかい。人の子は、直ぐに育つからね」

きっと若だんなは面食《めんく》らったねと、禰々子達は笑っている。

「回向院へ行くなら、杉戸が舟を出すよ。それくらいの手伝いは、良かろうさ」

仁吉が真面目に頷くと、若だんなは最後に一つ、禰々子へお願いをした。舟に乗せて貰うより、大事な事であった。

「あの、我らはこれから、元の江戸へ戻る道を探します。場久が、五年前の江戸へ戻る道を、どこに作ったのかは分かりません」

それゆえ、江戸中へ目を配るわけだ。だから。

「禰々子さんと坂東太郎さんが、江戸で大砲をぶっ放すのは、止めにして頂けないでしょうか。うっかり帰り道を、壊す事になったら大変です」

妖達は顔を見合わせ、そういえば禰々子達は、江戸を火の海にする気であったと、手を打った。

「親分方が大砲を撃った後で、思い出す所でした。若だんなの言う通りです」

「坂東太郎様にも、お願いします。止めて下さいまし」

長崎屋の妖達は一斉に頭を下げ、小鬼達はきゅいきゅいと鳴《な》きつつ禰々子らの膝に乗り、嬉しげにしている。

「きゅべ、大砲撃つと、お菓子も壊れる」

「きょんげ、こんぺいと、買って」

妖達は大真面目に、大物二人に泣きついたのだ。

禰々子も坂東太郎も、正面から挑んでくる者には強いが、頭を下げ、助けを請《こ》う者には弱かった。二人はつまらないと言いはしたが、最後には、この世から江戸を吹き飛ばす事を、諦めてくれたのだ。

百万も住んでいる江戸の住人達は、町が丸ごと吹っ飛ぶ危機があった事を、知る事はなかった。

32

出掛けると決めた後、若だんなは河童達の船宿で、二つのことをした。

まず一つに、新作の熱冷ましを作ってくれるよう、珍《めずら》しくも仁吉に頼んだ。下がりきらない熱を何とか押さえないと、表を歩けないからだ。

次に、妖達が取り囲み、興味津々見つめる中、その薬を、勇気を持って飲み干《ほ》した。

「ぎょべー、凄い、匂い」

鳴家達は揃って若だんなから、三歩離れた。

「仁吉、これ、妖用だよね？」

珍しくも若だんなは、酷く苦かったと弱音を吐いた。すると仁吉は、きっぱり断言したのだ。

「若だんな、その薬ですが、鳴家では飲めません。そんな、とんでもない味の一服、飲ませようとしても、逃げてしまいますよ」

「……そうなんだ。あのね、どんな病でも、治りそうな味だったよ」

更に、立派《りっぱ》な薬のおかげで動けるようになると、直ぐに出掛けた。仁吉はそろそろ、長崎屋へ戻らねばならなかったので、今回一緒に回向院へ向かうのは、いつもの妖達だ。

付いてきたのはおしろ、鈴彦姫、金次、屏風のぞきと火幻で、もちろん小鬼らも懐に入っている。

すると、船宿から舟に乗った後、鈴彦姫が、於りんと会ってどうするのかを問うてきた。若だんなは、早々に帰るつもりだから、五年前から来たとは言えずにいる。だから似てはいるが、長崎屋の若だんなではないという立場を、於りんには通しているのだ。

於りんも若だんなの事を、長崎屋の若だんなとは違う人だと、お武家に言っていた。

「このままじゃ会っても、何も出来ないと思うんですが。例えば於りんさんを好いているお武家、滝《たき》様を見かけても、追い払う事も無理ですよね？」

「きゅんべ？ 追い払う？ 若だんな、戦うの？」

懐に入っていた小鬼が、不思議そうな顔をしている。その頭を撫でつつ、お武家の事だけは、何とか今の内に片付けたいと、若だんなは口にした。

「はっきりと言えなくても、私は、於りんちゃんの許嫁だもの」

このままでは、於りんの悩みを置きざりにしたまま、この五年後から離れる事になる。小さな於りんを守りたいと言うと、屏風のぞきが深く頷いた。

「お武家の滝様が、於りんさんを本気で好いてるようなのが、厄介だねぇ。でも於りんさんは、違いますよね?」

おしろと鈴彦姫は、顔を見合わせた。

「そういえばそこ、確かめてなかったですね」

だが滝と於りんとの縁は、並の縁談ほど簡単なものではないと、おなごの妖二人は言い出した。旗本である武家が、町人を嫁にしたら、先々色々な問題が起きたりする。

「そいつは、間違い無しですよ。滝様は、もし夫になったとして、於りんさんを守り切れますかね? 本当にそこまで、惚れているのかしら」

おしろ達二人は、舟に揺られている間、大丈夫だとは言わなかった。ただ於りんに会って、色々問うてみたいと言ったのだ。

「ええ、おなごの一生が懸かってますからね。半端なことをしては駄目ですよ」

「おいおい、お二人さん、誰の味方なんだ。もしお武家と於りんさんが惚れあってたら、若だんなが振られてもいいのかい?」

苦笑と共に言った途端、おしろに怖い顔で睨まれ、屏風のぞきは黙ってしまう。

「ひゃひゃっ、馬鹿だねえ。おなごが縁談の事を話し出したら、男は黙ってた方がいいのさ」

金次がひとこと言い、今度は鈴彦姫に睨まれ、舌を出している。その時、舟が大きく揺れ、金次は舌を嚙んでしまった。

皆が笑い出し、とにかくしばしの間、舟の内が賑やかになった。

回向院に向かうと、於りんが働いている団子屋が、騒がしくなった。団子屋に、旗本の滝が今日も、顔を出していたからだ。

若だんなを見た途端、滝は顔を顰め、床几に座っていた他の客達は、慌てて小銭を置き、店から逃げ出してしまう。滝はさっそく、若だんなへ絡んできた。

「おい、お主はいつぞや於りん殿が、助けた若者ではないか。お主、於りん殿の知り合いではないと言っておったのに。今も於りん殿に、まとわりついておるのか」

ここで、お夢《ゆめ》と名乗って店で働いている於りんが、若だんなが来たのは先日以来だと、慌てて口を挟んだ。しかし滝は仁王《におう》立ちになると、床几に腰掛けた若だんなと、長崎屋の皆へ、恐い目つきを向けてくる。

「きゅ、きゅんいーっ」

「それがしは、この於りん殿を、我が家の嫁にと思っておる。町人、お主が於りん殿の許嫁でないと言うなら、縁談に口を挟むな」

ここで金次が、若だんなの隣《となり》の床几に座り、ちょいと眉を顰めた。

「お武家さん、うちの若だんなは、於りんさんの縁談に口を出したことなど、無かったと思うんだがね」

「そう言うなら、どうしてわざわざ、この団子屋へまた来たのだ？　於りん殿に会うためでなければ、山とある寺内の店の中から、ここを選んだりすまいに」

「あ、それはそうだねえ」

屏風のぞきが近くから、笑うような声を上げる。すると滝は、それがかんに障《さわ》ったらしく、妖ではなく、若だんなを睨んできた。

「お主、良き身なりをしておるが、於りん殿を嫁御にするつもりは、ないに違いない」

もしそう考えているのなら、とうにその事を、口にしている筈なのだ。

「しかしそれがしは、於りん殿を嫁にするつもりだ。だからお主は、早々に引くように」

大層立派な事を言ったつもりなのか、滝は身を反らせ、座っている若だんなを見下ろしてくる。

すると今度はおしろと鈴彦姫が、揃って首を横に振った。

「こういう偉いお方って、どうしてよく、間抜けをするのかしらね」

おしろによると、滝は既に、男として間違いをやらかしているらしい。

「縁談の話をしてるのに、当の相手、於りんさんの考えを、見事に聞かないんだから。疲れる事を、やってくれるわよねえ」

鈴彦姫が、大きく頷いた。

「相手が偉いお武家なら、町娘は喜ぶだろうと思ってるみたいです。それ、そもそも間違いですから」

お武家の暮らしは堅苦しい上、金子の面でも、裕福な町人に及ばない事が多い。於りんの親は、大きな材木屋を営《いとな》んでいるのだ。だから滝が偉そうな顔をして、縁談をありがたがれというのは間違っていると、鈴彦姫は言い切った。

「同じ町人に嫁いだ方が、ずっと楽な毎日を過ごせますもの」

するとと怒ったのは滝で、ならば自分と勝負をして、どちらが上かはっきりさせようと、何故だか若だんなへ言ってくる。その勝負で、於りんがどちらと縁を結ぶか、決めようと言い出したのだ。

「滝様、境内で勝負事など、してはいけませんよ」

驚く話に、若だんなが目を見開く。すると、勝つ自信が無いのかと、滝が若だんなへ更に絡み、どうにも終わらなくなった。金次や屏風のぞき達が、若だんなを庇うように構えを取り、滝は一層怖い顔つきになって、若だんな達を見てくる。

その時だ。思わぬ者が、二人の間に割って入った。何と於りんで、滝の勝手な言葉を止めると、団子屋の床几の傍らから、さらりと話を始めた。

「あの、滝様。一つ、よろしいでしょうか」

「うん？　何か話があるのか？」

さすがに於りん相手には、滝の声も優しくなる。於りんは真っ直ぐに滝を見ると、思わぬ話を口にした。

「今回、大久呂屋さんが仲人となって、うちの中屋へ、滝様との縁談を持って来られました。大久呂屋さんの事を、父は存じ上げなかったので、驚いておりましたわ」

そして、そういう縁の薄い間柄だから。

「大久呂屋さんには、中屋の事で知らない話が、あると思うんです」

その話を知らないまま、於りんを嫁に迎えたいと言ったようなので、於りんは戸惑っているという。滝の家は、旗本であった。

一方滝は、今更話さねばならない事があるのかと、戸惑った声を出し、於りんは先を続けた。

「これはご存じかと思うのですが、今の中屋のおかみは、私の実の母ではございません。後妻《ごさい》で、弟を産みました」

於りんの父である中屋は、一度、妻を亡くしている。

「そして、この話は、ご存じないかと思います。中屋の前のおかみは……正気を失って、身罷《みまか》りました」

滝が、びくりと身を震わせた。

「母はまだ若いのに、段々、己が何をやっているかも、分からなくなっていったそうです。私はその時、まだ小さかったので、はっきり覚えてはいませんが」

ただ、母を恐く思った日もあった。そしてある日、母は於りんの乳母《うば》を、死に追いやってしまったのだ。

「えっ……」

その一言で、滝が動けなくなった。まさか、そんな話が飛び出てくるとは、思ってもいなかったに違いない。

「だが、その……仲人はそんな話を、しておらなんだと……」

「事が起きてしまったとき、母は既に、並とは様子が違いました。人から責《せ》められても、それすら分からなかったと聞きます」

調べを受けさせようにも、無理だったのだ。

「それで母は、蔵に作った座敷《ざしき》に籠《こ》められ、父は乳母の家族に詫《わ》びの金を出して、深く頭を下げたそうです。それ以外に、やりようもなかったと」

そしておかみは、早くに亡くなった。於りんはそう言うと、滝を見つめる。

「この話を承知の上で、滝様は私を、嫁にと望まれますか？　家の方も、同じお考えですか？」

於りんの言葉が重なると、滝の顔が青くなる。若だんなは驚き、思わず小声を漏らした。

「でも於りんさん。先のおかみさんは、於りんさんの……」

実の親ではないと言いかけ、於りんから目を向けられて、若だんなはその声を飲み込んだ。

滝は今、於りんの母親の血筋を気にするか、問われているのだ。於りんの立場に、都合が悪い事があった時、夫として、それを共に乗り越えてくれるか、知りたいと言われているのだ。

(於りんちゃん、わざと血のつながりの事を、言わなかったね)

そして、滝は直ぐに返答をしなかった。答えられなかった事で、その場に居た者達は、答えを早々に知ったのだ。滝は、もう若だんななど見もせず、段々とその眼差しを、足下の方へと向けていった。

(滝様は、恐れ始めているのか)

於りんと添《そ》った時、生まれてくる子が、正気を失ったという祖母に似る事を、案じているのだ。親戚からその恐れを語られた時、於りんを庇えないに違いなかった。

「あ、やっぱりね。覚悟のない男だわ」

隣でおしろが、小声でつぶやいている。直ぐ側にいるのだから聞こえただろうに、しかし滝は顔を背《そむ》け、今回はおしろへ、きつい言葉を向けてこなかった。

滝は、中屋との縁談について、家中の者と話をすると言って団子屋を出ていった。

奥から出て来た団子屋の親父は、もうあのお侍は回向院に来ないだろうと、さばさばした調子で話している。

「ああ、結構なこった。お武家が店先で騒いで、客が逃げて行く事がなくなるよ」

その言葉を聞いた若だんなが、騒がせたからと、今日の茶代を多めに払う。店の親父はえびす顔になり、奥で団子を焼き始め、鳴家達が何匹も団子へ向かった。

おしろ達は於りんへ、縁談を一つ壊してしまったと謝った。於りんは首を振って、壊したのは自分だと口にした。

「中屋の前のおかみが、蔵座敷に籠められていたというのは、本当ですから。そういう話を気にするお武家様との縁は、まとまりませんよ」

それにと、ここで於りんが、若だんなの懐へ目を向けてきた。

「私も、並とは少し違うようですし」

小さい頃は、不思議とも思わなかったと言って、於りんは若だんなの方へ手を差し伸べる。それから、懐から顔を出していた鳴家の頭を、軽く撫でた。

「きゅい、きゅいっ」

小鬼達が嬉しげな声を出したので、若だんな達は顔を見合わせた後、ああ、そうだったと頷いた。

「於りんさんは、鳴家が見えたんだっけ。最初に会った時から、そうだったよな」

「きゅんべ？　屏風のぞき？」

「いや、子供の時だけかと、勝手に思っていたんだけど。今でも見えるんだね」

「きゅい、きゅい」

小鬼達は嬉しげに、於りんの指とじゃれている。於りんは若だんな達へ頷くと、実は小鬼を見る以外にも、不可思議な事を時々目にしていると話してきた。

「あれ、そうだったんですか？」

「その、私……おしろさんの頭の上に、たまに、大きな耳が見えたりしてます」

「あ、あらまあ」

皆が目を見開く。於りんは他にも、堀川をゆく舟の船頭が河童に見えたり、井戸の奥から、声が聞こえてきたりすると口にした。

「こんな話、長崎屋以外では出来ません。久しぶりに皆さんと話せたんで、随分すっきりしましたわ」

於りんはふと首を傾げると、色々事情を承知しているし、若だんなと呼んで良いですよねと、問うてくる。

「その、まだ、よく分からないんですが。居なくなる前の若だんなと、少し違うような気もしてます」

するど屏風のぞきが、ここに居る若だんなは、前の若だんなとはちょいと違うと、妙な言い回しをした。

「でもその内、妙な所はなくなるよ。若だんなが全部、きちんと整えるから。うん、於りんさん、大丈夫だよ」

妖は於りんへ、勝手に言っている。

「だから若だんなを信じて、待ってな。於りんさんは昨日今日、若だんなの許嫁になったんじゃない。大丈夫、待てるよな？」

「待てばいいのですね？　はい、分かりました」

色々不可思議を言われているのに、於りんは素直に頷いている。

（あ、私は信頼されてるね）

全てがこもった言葉は、ふわりと軽く、しかも重いもので、若だんなは腹に力を込めた。

すると、若だんなの横にいた火幻が、ここでふと首を傾げた。そして於りんへ目を向けると、ある問いを向けたのだ。

「於りんさん、ちょいとお聞きしたいんですが。今、井戸の奥から、声が聞こえたとおっしゃいましたよね？」

「はい。男の方の声だったと思います。いつ頃聞いたのか、ですか。あら、日がはっきりしないわ」

於りんが困ったような顔になったので、若だんなは床几の上から、例えば最初、若だんなが現れた時より前か、後かを問うてみた。すると於りんは迷うことなく、不思議な声は、若だんなが現れた日より後に、回向院で聞いたと口にした。

「団子屋の右奥に、井戸が見えますでしょ？　ええ、あの井戸から声がしました。あそこに先日、人が落ちたんです。声が聞こえたのは、それより少し前です」

「境内の井戸に、人が落ちたんですか」

以津真天の事に違いないと、若だんなは妖達と目を見合わせた。

「落ちた所を見た人は、居なかったんです。でも、井戸の中から悲鳴が聞こえて、たまたま店に来ていた大久呂屋の番頭さんが、気がつきました」

男は直ぐに助け出され、着替えが要るからと、大久呂屋の番頭と共に去ったらしい。

「あの方、その後も、たまに姿を見ます。今朝も境内においででした」

「えっ、今朝、以津真天を見たんですか」

「井戸へ落ちたお人、以津真天とおっしゃるんですか。ええ、見かけました」

そして何故だか大久呂屋も、回向院で時々見かけるらしい。何となく、大久呂屋が以津真天を探しているように思えると、於りんは付け足し、妖らが頷く。

「おや、以津真天は長崎屋の離れには来てないが、まだ江戸にいるんだね。とにかく、ちゃんと逃げられたようだ」

ならば何故離れへ来ないのかと、屏風のぞきが渋い顔をしている。だが若だんなは、ほっとした。

「そうか、以津真天が無事なら、それでいいです」

縁談の件は、於りん自身が何とかしたので、心配事は吹き飛んだ。ならば次は己も、元の江戸へ向かう道を、つかみ取らねばならないと、若だんなは心を決めた。

そして、共に元の江戸へ帰る、火幻へ声をかけた。

「近いんだ、以津真天が現れた井戸を、これから確かめに行こう」

もしかしたら、この回向院にある井戸こそが、五年前と繋がっているのかもしれない。以津真天が現れた場所なのだから、本当にそうかも知れなかった。

(もしかしたら今日、私は直ぐに、五年前へ帰れるんだろうか)

元の江戸への一歩を踏み出すため、若だんなは団子屋の、床几から立ち上がった。


井戸へ向かうとき、若だんなは娘姿の於りんを、一度振り返ってから遠ざかった。もう一度会うことがあるのかと、不意に思ってしまったからだ。

(また会う機会がない方が、良いんだ。早く、戻らなきゃいけないもの)

場久が回向院の井戸と、五年前を繋いでいるのなら、一人で道を支え続けるのは、酷く大変な筈だ。急いで戻らねばと言うと、金次が傍らで、きっとここの井戸から戻れると言って、口の端を引き上げる。

「場久は、中屋に近い回向院なら若だんなが行くと、考えた気がする」

そして若だんなが、声のする井戸に気がついてくれることを、願った訳だ。

「道が使えると、嬉しいね」

全てを元に戻す五年前が、いよいよ近づいてきた気がする。鈴彦姫が、井戸へ目を向けた。

「でも金次さん、本当に井戸が、五年前と繋がっているとしてです、場久さんは何で、薬升を入れてたような箱じゃなく、井戸に道を作ったんでしょう」

「井戸の底は深くて、暗い影に包まれてる。昼間でも、悪夢の道を繋げやすかったんじゃないかな」

その考えに、妖達が頷いた。そんな中で火幻が、顔を赤くしている。

「早く帰りたいと思ってたのに、今日、帰れるとは考えてなかった。今、心の臓が、強く打ってるよ」

若だんなはここでふと、辺りを見回した。この境内に今、以津真天が来ていれば、一緒に帰れると思ったのだ。

(一人残ったら、後でどうするんだろう。場久はちゃんと、以津真天も戻してくれるかしら)

長く生きる妖なら、五年程違っても、大事ないと言われそうな気もした。それに。

(今回の騒動は、以津真天が引き起こしてる。もし仁吉の前で、当の以津真天を心配したら、泣かれるかな。叱られるかな)

境内の井戸が近づくと、長崎屋の妖達が駆けだしていく。少し離れた所から、他の参拝客達が、怪訝《けげん》そうな顔を向けてきていた。そして。

井戸を覗き込んだ妖達が、一寸動きを止めたのが見えた。続いてその後、くそっと、腹立たしげな声が聞こえてきた。

「あの、何があったの？」

若だんなも駆け寄り、井戸の中を覗き込む。暗くて、妖達が騒いでいる訳が、よく分からなかった。

ここで金次が、小石を一つ拾ってから、井戸の中へ放り込んだ。すると。

「あれ？　中から、妙な音がしたよ」

若だんなは、思わずもう一度、中を覗き込む。闇の中でも良く見える金次が、井戸は砂や石などで、水の面が見えなくなるほど、埋められていると告げてきた。

「この井戸の道は、もう使えないな。他を探さなくては」

五年前の江戸へは届かないように、井戸は封じられていたのだ。

以津真天の仕業《しわざ》か、それとも大久呂屋が悪いのか。妖達から怒りの声が上がった。

34

回向院から船宿へ帰った翌日、火幻は神田から、日本橋近くにある大久呂屋へ向かった。

回向院の井戸は埋まってしまったが、もちろん場久なら一本きりではなく、他にも以前の江戸へ戻る道を作ると思う。地図を託したと言っても、以津真天を信用しきるのは恐いし、大久呂屋が敵である事は分かっているからだ。

(場久さんは、用心している筈だよな)

他の長崎屋の妖達も、新しい帰り道を見つけようと、今日は朝から探しに出ている。だが天敵である大久呂屋へ行くのは、火幻だけであった。

危うくても火幻は一度、敵方の店へ行ってみたかったのだ。何故だか今日は、小鬼が一匹、火幻に付いてきてくれた。

「回向院の井戸が、埋められていた件。あれ、以津真天の仕業にしちゃ、何だか変だったからさ」

「きゅんげ？」

船宿から、繁華《はんか》な日本橋近くに来てぼやいていると、袖内に入った鳴家が、きゅい、きゅわと鳴いている。火幻には、以津真天が本気で、場久の作った帰り道を潰すとは思えなかったのだ。

「若だんなは以津真天が、寂しがっていると言ってた」

泣きたいような気持ちを募らせ、それゆえに、仲間を得た火幻を厭うたという。妖に囲まれている若だんなが、羨《うらや》ましくて、腹が立っているようだとも言った。

だから以津真天は火幻達を、五年後へ放り込んだのだ。しかし。

「それでもあいつは、おれや若だんなに絡んでくるよな。五年後にまで追ってきて」

まるで火幻達と、離れたくないようではないか。若だんなに、忘れられたくないのだとも思う。

「なのに……以津真天が、あの井戸を埋めるかな？　あれはまるで、癇癪《かんしゃく》を起こした子供のような行いだ」

それで火幻は真実を求めて、大久呂屋へ行くのだ。何故だか今日、以津真天の潔白が示せたら、いいなと思っていた。

「ああ、あの店だ。大久呂屋」

繁華な日本橋近くにある大久呂屋は、大店が建ち並ぶ通りの中では、目立たない店だ。長崎屋から薬升を手に入れてからは、上手く商売をしていたというが、今は、客が多いようには見えなかった。

火幻は、店横の小道に入って影内へ潜り込むと、まずは店の隅の影から、中の様子に目を向けた。

（ああ、大久呂屋に番頭さんは、やはりいないね。無事、上方へ向かったんだろう）

ただ、その代わりを誰がしているのか、次の番頭らしき奉公人は見当たらなかった。小僧はいたものの、何故だか主、大久呂屋の姿すら、店表で見かけない。

するとその時、奥から奉公人が現れてきて、小僧に手代さんと呼ばれている。火幻は板戸《いたど》の影内に移ると、主はどこかと手代へ問うてみた。

手代は影の方を振り返りもせず、少し怒ったような声で返答してきた。

「旦那様は今日もまた、出掛けてるよ。長崎屋の若だんなを見たと聞くと、出掛けちまう。先日店に来た、あの以津真天って奴が、地図に書いてた場所へも行っちまう」

出掛けてばかりで、ちっとも商いをしない。おまけに番頭が出て行ったから、大久呂屋は売り上げがどんどん下がっていると、手代はこぼした。

「旦那様は、店から薬升が消えたせいだって言ってる。あの薬升を持ち去ったのは、実は長崎屋の若だんなだって話してた」

だが、店が急に売り上げを落としている訳を人のせいにしても、奉公人は戸惑うばかりなのだ。

そして客が居ないのをいいことに、酷く小さな声で続けた。

「そんな事を言って、商いをおろそかにしてるから、番頭さんに逃げられたんだよ。番頭さんは上方へ行って、自分の店を開くつもりだって、こっそり言ってた」

新しく店を始めるなら、一緒に自分も、連れて行ってくれれば良かったのに。手代はそうつぶやくと、後ろから聞こえた声など忘れたかのように、深い溜息を漏らしている。

するとこの時、突然、店奥から人が現れてきた。

「これは旦那様、お帰りなさいまし」

手代達が急ぎ、頭を下げる。久方ぶりに見る大久呂屋は赤い顔をして、力強い男に見えた。だが火幻には、薬種屋の主として、薬の話をしたい相手だとは思えなかった。

(大久呂屋はつい先日まで、奪った長崎屋の薬升を使って、儲けていた。薬種屋として、長崎屋より勢いに乗ってると、言われていたんだろうに)

なのに頼りの薬升を失い、一つ調子が崩《くず》れると、店内からあっという間に、傍目《はため》にも分かる程、客が消えている。

(今は、大久呂屋が店を支えなきゃならない時だろう。店主として、出来てるのかね)

火幻が影内で首を傾げていると、当の主は、思いもかけない事を話し始めた。

「さっき、内蔵から逃げだした以津真天を、見かけたんだ。あいつ、やっぱり地図に印があった、上野の井戸へ現れてきた」

以津真天が持っていた、妙な地図の印を、大久呂屋は覚えていたらしい。だから見つけられたと、大久呂屋は誇らしげに言っている。

「だが、こっちは一人だったから、逃がしてしまったよ。残念だった」

手代が、急いで問うている。

「旦那様、上野へおいででしたら、寺へ回って下さいましたか。二つの寺から、置いてある薬箱の事で、話が来ておりましたが」

だが大久呂屋の返事は、ずれたものであった。

「無くなった薬升を、長崎屋の若だんなから、取り戻さねば。うちだけが不運に見舞われ、長崎屋が盛り返すのは、我慢ならないからね」

何としても若だんなに……いや長崎屋に、運が行って欲しくないという。

「あの以津真天という男、内蔵から突然消えたんだ。きっと、手妻使いだね。うちの番頭は、あの以津真天って男に騙《だま》されて、どこかへ消えたんだ」

こんなことになったのも長崎屋のせいだと、大久呂屋は妙な事を言い出した。

「以津真天は番頭を堀川にでも突き落としたのかもしれない。あの男を捕まえて、お上《かみ》に訴えてやる」

まだ若く見えるが、井戸に落ちた時、体を損《そこ》ねでもしたのか、以津真天はふらふらとしているという。あんな調子ならその内、己一人でも捕まえてみせると、大久呂屋は言い切った。

「見つけたら、今度は逃がしゃしないよ。手代さん、わたしは直ぐ同心の旦那へ、引き渡そうと思ってるんだ」

「旦那様、番頭さんは……己で西へ行ったんです」

「そしてさ、地図に印のあった井戸など、端から埋めてしまおうと決めている。それがいいと思わないかい？」

大久呂屋は更に、物騒な事を言い出し、手代が慌てて止めた。

「旦那様、余所の井戸を埋めるなど、やって良いことではありません。そんな言葉を世間に聞かれましたら、大騒ぎになります」

手代は、ここで顔を上げ主を見ると、回向院の井戸の事を話し出した。埋められていたと噂に聞いたが、まさか、大久呂屋が雇った者の仕業ではないですよねと、顔を引きつらせつつ聞いたのだ。

　しかし大久呂屋は、その言葉を聞いても、返事もしなかった。

（なるほど、あの井戸は、大久呂屋が埋めたんだね）

　そして井戸のことは話さないまま、主は店奥へと消えてしまった。手代は仕事の手を止め、己の膝をただ見つめている。

（ああ、こりゃ拙い。番頭さんだけじゃなく、あの手代さんも、その内、我慢できなくなりそうだ）

　主が留守の間、店を支えている奉公人が、他にいるようには見えない。なのに、眼前の手代まで居なくなったら、大久呂屋はどうなるのだろうか。

（店が傾く時は、一気に事が進むものなんだな）

　溜息が漏れる。火幻は大久呂屋の影内から、そっと表へ出ると、急いで、若だんなの待つ船宿へと走った。

35

　神田の船宿で、火幻は長崎屋の皆へ、幾つか知らせを入れた。

　一つ、以津真天が持っていた地図に書き入れられていたのは、井戸の場所らしいということ。

　二つ、五年前から来た為か、他の者に取っついているせいか、以津真天は調子が悪そうなこと。

大久呂屋は以津真天を捕らえ、番頭を殺《あや》めたと言い立てて、同心へ引き渡す気でいるのだ。

三つ、大久呂屋は薬升を失った上、番頭も居なくなった。その上、主が商いに励んでいないので、急速に店が傾いていること。

以上を火幻が語ると、船宿の部屋で、長崎屋の皆は火幻を褒めてきた。そして若だんなをぐりと囲んだ場で、直ぐに決断を下したのは、仁吉であった。

「火幻先生、よくやった。特に、場久が地図に書いていたのは、井戸の場所だと見極めたのは、本当にありがたい」

そこが分かれば、若だんなは程なく前の江戸へ戻れると、仁吉は言い切った。

「場久は、長崎屋と全く関係の無い場所に、悪夢の道を作ったりしないだろう。回向院の井戸と、於りんさんのいる団子屋と、近い場所にあったんだ」

つまりだ。この後、長崎屋縁の場所にある井戸を調べて行けば、程なく若だんなは、帰る道に行き当たる筈なのだ。

「今日から直ぐに、そういう井戸を調べて行こう」

すると金次やおしろが、若だんなの布団の傍らで、思い付いた場所をあげていく。

「あたしは広徳寺の井戸を、全て調べるべきだと思うね。あの寺なら、寛朝様が力を貸してくれる。場久が帰り道を作りやすそうだ」

若だんなにとっても、戻りやすい所なのだ。おしろが次に言う。

「あたしは、長崎屋が持っている根岸の寮も、考えたいです」

あの寮なら妖や狐が交代で、井戸の所で待っていられるからだ。帰り道が井戸なら、五年前に帰った時、溺れないよう近くに誰かがいて、井戸から引き上げねばならなかった。

「それを考えると、長崎屋に近くても、長屋にある井戸なんかは駄目ですね。夜は木戸が閉められてますし、いきなり井戸へ人が落ちたら、大騒ぎになりますもの」

おしろの言葉に、鈴彦姫が頷いている。

すると、ここで早くも屛風のぞきが、明日からの事に目を向けだした。

「若だんなが無事戻れば、めでたい話だ。でさ、長崎屋の若だんなが消えていたという五年間は、この世から無くなる筈だよな」

若だんなは元の江戸に戻り、ずっとそのまま暮らすのだ。つまり藤兵衛《とうべえ》が慌て、店に来ていた知り合いを、長崎屋の蔵に入れる事もなくなる。

「大久呂屋が蔵から薬升を奪い、長崎屋へ迷惑を掛ける件も、起きなくなるんだ」

長崎屋と特別に関わる事がなければ、大久呂屋は若だんなを恨んだりしない。許嫁である中屋の於りんへ、武家との縁談を持ち込む事も、ないに違いなかった。

「若だんなが元の江戸に帰れば、本来あっただろう姿へ、時の全てが戻ってゆくと思いますよ」

仁吉がきっぱりと言い切る。屛風のぞきと金次が顔を見合わせ、ならば自分達はどうなるのかと言って、首を傾げた。

すると、若だんなが笑った。

「長崎屋の妖達は、いつものように離れにいると思う。小鬼達は今日と同じく、お菓子をつまんでいるよ、きっと」

それ以外の暮らしは、思い浮かばなかった。

「きゅいきゅい」

「あ、そりゃそうだな」

全員が大いに納得して、では早々に時を戻そうと、まずはどこの井戸へ向かうか話し始める。この後は毎日出掛ける前に、禰々子達への最後の挨拶も、必要になるのだ。

ただ、若だんなには他にも、気になる事があった。それで思わず仁吉へ目を向けた所、何も言わないのに、首を横に振られてしまった。

「若だんな、以津真天の事を考えてますね。一人、五年後に残されるのは、可哀想だと思っておいでなんでしょう」

そう言われた途端、妖達の目が集まってきた。

「あれは妖ですから、五年後の、この江戸にいても困りません。もっとはっきり言うなら、以津真天が元の江戸に戻らず、若だんなと離れていてくれた方が、私は安心できます」

あの妖は、若だんなが困るのも構わず、必死に縋り付いてくるからだ。以津真天が近くにいると、若だんながまた、とんでもない目に遭うのではないかと、案じられるという。

「今回の騒ぎでは、若だんなだけでなく、おかみさんも、旦那様も、妖達も、多くが巻き込まれました」

大久呂屋の番頭のように、江戸を離れた者もいる。若だんなや火幻だけの問題では、なくなっていた。

「旦那様やおかみさんが、今の若だんなを、どれほど心配なすっていることか。可哀想だと思う前に一度、以津真天が何をしたか、お考えになって下さい」

そう言われてしまえば、言い返す事など出来ない。若だんなは頷くと、まず禰々子へ挨拶をするため、船宿の部屋で立ち上がった。

36

「何であいつが、ここに現れたんだ？」

若だんなは、そうつぶやきつつ走っていた。

井戸を検める為、まず一番に向かう先として、皆の考えが一致したのは、広徳寺であった。よって上野を目指して行き、その境内へ行き着いた所、若だんなは直ぐに、必死に駆ける事になったのだ。

若だんなの後ろから、顔を引きつらせて走ってくるのは、何と、以津真天であった。そしてその後ろから、更に大久呂屋が追って来ていた。

二人が突然、広徳寺に現れた事情は、長崎屋の妖達にも分かった。

「場久が、帰り道を作る気で、印を付けた地図のせいだ。その地図に広徳寺が、記してあったに違いないよ」

以津真天も大久呂屋も地図を見ているから、広徳寺へやってきたわけだ。大久呂屋は以津真天を捕らえる気だったから、広徳寺で待っていたのかも知れない。

そこへ、若だんな達がのこのこ現れたものだから、まるで子供の追いかけっこのような、妙な形になってしまった。

しかし走っている皆は、必死なのだ。若だんなの息は、早くも上がっていた。

「大久呂屋ときたら、はぁっ、鬼のような形相になってるよ。きっとっ、私も以津真天と一緒に、捕らえる気だ」

ここで捕まえれば、若だんなが再び江戸に現れた事を、多くの店の皆に、示す事が出来る。大久呂屋は本気で、死《し》に物狂《ものぐる》いで、二人を捕らえに掛かっているのだ。

境内にいた広徳寺の僧達が、目を丸くして、境内を走る若だんな達を見てくる。すると、その時だ。思いもかけない僧から、若だんな達へ、声が向けられてきた。

「長崎屋の皆ではないか」

驚いていたのは広徳寺の僧で、寛朝とも親しい延真《えんしん》だ。延真は、妖が分かる僧ではない。しかし妖退治で有名な寛朝や、弟子の秋英《しゅうえい》とも親しいから、不可思議には慣れていた。

「よく分からんが、とにかく、何かあったのだろう」

そしてそれは、多分不思議な事だろうと、走っている皆を見つつ、延真が言う。何故なら。

「最近境内の井戸から、人の話し声が聞こえると、噂になっておるのだ」

寛朝に何とかしろと言ったのだが、暫くは井戸を、放っておけと言われたらしい。若だんなは走りながら頷いたが、息が上がって、返事など出来ない。

「延真様、声が聞こえたのは、どの井戸です？」

横を走りつつ声を上げたのは、鈴彦姫だ。堂宇が並ぶ境内で、大声が返された。

「そこの堂宇の、右側の井戸だ」

「若だんな、行って下さい」

仁吉が追っ手を止めるべく、妖達と大久呂屋の間で、立ちはだかった。若だんな達は井戸へ向かうと、先に着いた鳴家が、暗い底へ向け声を張り上げる。

「きょんげーっ、お腹減ったっ」

途端、井戸の暗い奥底から、返事が湧き上がってきたのだ。

「場久です。若だんなですか？」

「走ったから……息が苦しいっ」

「若だんなの声だっ」

声は井戸の底から上がってきて、奇妙な響きになっていた。間違いなく五年前からの声だとおしろが判断し、若だんなへ告げる。

「きっと場久さんが、助けてくれます。井戸へ飛び込んで下さい」

もし大久呂屋に捕まって、長崎屋の若だんなが現れたと話が広まったら、大騒ぎが起きてしまう。長崎屋の夫婦へも話が伝わる。この先、五年前へ戻りたいと思っても、叶わなくなるかも知れないのだ。

「今なら戻れますっ」

ここでまず、火幻が動いた。

「おれが先に行ってみますっ」

躊躇う間も見せず、火幻は井戸の縁《ふち》へ駆け上がると、思い切りその中へと、足から飛び込んだ。

「ひゃあああっ」

井戸の中へ、声が吸い込まれていく。そして……そして。屏風のぞきがさっと、若だんなを見た。

「水音がしないっ。やはり五年前への入り口は、この井戸だ」

その話が聞こえたのか、仁吉が若だんなへ、行って下さいと声を向けてくる。見れば仁吉の近くで、以津真天が立ちすくみ、そこへ大久呂屋が駆け寄って来ていた。

若だんなが、声を張り上げる。

「以津真天っ、早く来てっ」

「えっ……」

若だんなが五年前へ帰ってしまえば、場久は大変な思いをしてまで、五年前と悪夢を繋がないかもしれない。以津真天も帰る気なら、今しかなかった。

「でも、私は」

「考えるのも、謝るのも、後だ。今は井戸へ駆け込めっ」

以津真天がまた走り出すと、そこへ大久呂屋が追いついてくる。捕まえようと伸ばしてきた手をかいくぐり、以津真天は井戸へと必死に向かってきた。

若だんなは井戸の縁へ足を掛けると、もう迷う間もなく、思い切り跳ねた。体が井戸の中へと、吸い込まれていく。手を伸ばし、空の方を向いた。

「以津真天っ、摑んで」

頭から井戸へ飛び込んできた以津真天が、必死に若だんなへ手を伸ばしてくる。両手が、近づく。

その内、井戸へ落ちるにしても、余りにも長く、空に漂《ただよ》っている事に気がついた。懐にいた鳴家達が、何匹も悲鳴を上げている。

ひやりとしたその時、以津真天の手が、若だんなを摑んだ。不思議な程、その手が温《あたた》かい事を、不意に知った。

そして、落ち続けた。

37

「げほっ、ごほっ、けふけふけふっ」

若だんなは元の江戸へ戻った後、ずっと、まともに口をきけなかった。

火幻や小鬼と共に戻ったのは、勿論《もちろん》、広徳寺の井戸の中だったからだ。ずぶ濡れになり、冷たかった上、なかなか井戸から表へ出られなかった。場久達に、ようよう表へ引き上げられた時、若だんなは、物も言えなくなっていたのだ。

そして、あっという間に高熱を出し、長く長く寺で寝込んだ。

兄や達は両親に、若だんなは広徳寺へ花見に行き、泊まった夜、間違えて井戸へ落ちたと言いわけをしてくれた。

勿論、親は魂消た。だが、医者の火幻がつききりで広徳寺にいて、若だんなの熱も収まってくると、いつものように落ち着いていったのだ。

少なくとも、若だんな達がくぐり抜けてきた、長崎屋が傾くような大騒ぎは、どこかへ消えていた。

(そうだね、私は戻ってきたこの江戸じゃ、行方知れずになっていない。だからおとっつぁんもおっかさんも、落ち着いているんだ)

納得したものの、若だんなはそれが少し、不思議な気がしていた。

ただ若だんなは、なかなか話せなかったし、暫く広徳寺から、帰る事も出来なかった。するとある日寛朝が、直歳寮《しっすいりょう》で寝込んでいる若だんなの枕元へ、見舞いに来た。そして長崎屋の主が、井戸の縁を高くする費用を、出してくれたと告げてくる。

「けほっ、ごほごほほっ、げふっ」

「若だんな、笑わなくともよい。何で井戸へ落ちたのかは、火幻医師から詳しく聞いておるから」

井戸内に、場久が作った悪夢の道は、既にない。場久は疲れたらしく、道を閉じた後、今も悪夢の内で寝続けているという。

「その、若だんながいいと言うなら、だが。井戸を直す金は、病んだ者達へ配る薬に使いたい」

寛朝は今以上、井戸の縁を高くしたら、水を汲むのが難儀になると言ってくる。

「けふけふ」

「きゅい、若だんな、いいって」

寝床にいた鳴家が、話を伝える。すると茶を持ってきた弟子の秋英が、実は既に熱冷ましを頼んでしまっていると、若だんなへ白状した。

火幻が横で頷き、今、火幻が住んでいる二階屋で、以津真天がせっせと、薬研で薬草を刻んでいると言った。

「げふっ？」

「以津真天は今、うちの二階にいついて、掃除や飯炊きをしてくれてるよ。ついでに時々、薬研で薬草を刻んでいる」

今回の騒ぎは、酷いものであった。だから金次や屏風のぞきは、まだ以津真天と一緒に、飯を食べるとは言わないらしい。鈴彦姫に至っては、以津真天の姿を見つけると、びくりと身を震わせるのだ。

「だから以津真天は、二階屋にいる。若だんなが連れて帰ったんだから、長崎屋の家作へ置いておく。兄やさん達が、そう決めたんで」

若だんなは、また咳き込みながら頷いた。

（以津真天が、このまま長崎屋にいて、皆と馴染めるかは分からないね。長崎屋の家が、以津真天にとって、居心地《いごこち》良い場になるかも、誰も分からないだろう）

それでも。

井戸の中へ落ちてゆく若だんなの手を、以津真天は必死に摑んで来たのだ。若だんなはその手を握った。そして長崎屋には沢山の妖達が、暮らしている。

寂しい、怖い、寂しい……。大勢の中にいれば、そんな思いはいつか、以津真天の中から少しずつ減っていくのだろうか。

すると、若だんなの心の内を、読んだ訳でもなかろうが、寛朝が、以津真天もその内、落ち着くだろうと言ってくる。

「そういえば火幻先生、大久呂屋はどうしているのかな」

「今までと変わらず、商いをしてますよ。番頭さんも、そのまま働いてます」

ここは五年前の江戸なのだから、そんなものだろうと火幻は言う。ただ若だんなは、元々あった薬升を処分し二度と作ろうとはしないのだ。

それ自体が悪くなくとも、思いもかけないものが、とんでもない話に繋がる事がある。若だんなは今回、それを身に染みて知る事になった。

「こんこんっ、けふけふっ」

早く床上《とこあ》げしたいと鳴家へ伝えたが、火幻も寛朝も、起きても良いとは言ってくれない。ただ長崎屋は安泰《あんたい》で、妖達も元気だから、若だんなは心底ほっとし、明日を待つことができた。直歳寮の寝床から見える空は、それは青く思える。

(五年後の江戸は、今の江戸の暮らしと、一つになっていくのかな。五年経っても、元のままの長崎屋があって、私も元気に暮らしていくんだ)

大久呂屋は、何事も無かったかのように、商いを続けていくのだろうか。禰々子達は無事船宿を始め、楽しく両国で過ごすことになるのか、知りたい気がする。

(於りんちゃん、綺麗になっていたな)

そう思いついたが、これは口にしなかった。鳴家が何匹か、急に咳き込まなくなった若だんなの顔を覗き込んで、少し首を傾げた。

初出＊「小説新潮」二〇二三年一月号〜五月号

装画・挿画　柴田ゆう

著者略歴

高知生まれ、名古屋育ち。名古屋造形芸術短期大学ビジュアルデザインコース・イラスト科卒。

2001年『しゃばけ』で第13回日本ファンタジーノベル大賞優秀賞を受賞してデビュー。ほかに『ぬしさまへ』『ねこのばば』『おまけのこ』『うそうそ』『ちんぷんかん』『いっちばん』『ころころろ』『ゆんでめて』『やなりいなり』『ひなこまち』『たぶんねこ』『すえずえ』『なりたい』『おおあたり』『とるとだす』『むすびつき』『てんげんつう』『いちねんかん』『もういちど』『こいごころ』、ビジュアルストーリーブック『みぃつけた』(以上『しゃばけ』シリーズ、新潮社)、『ちょちょら』『けさくしゃ』(新潮社)、『猫君』(集英社)、『あしたの華姫』(KADOKAWA)、『御坊日々』(朝日新聞出版)、『おやごころ』(文藝春秋)、エッセイ集『つくも神さん、お茶ください』(新潮社)などの著作がある。

いつまで

二〇二三年　七　月二〇日　発　行

著　者　畠中《はたけなか》　恵《めぐみ》

発行者　佐藤隆信

発行所　株式会社新潮社
東京都新宿区矢来町七一
郵便番号　一六二―八七一一
電話　編集部（03）三二六六―五四一一
読者係（03）三二六六―五一一一
https://www.shinchosha.co.jp

装　幀　新潮社装幀室

印刷所　大日本印刷株式会社

製本所　大口製本印刷株式会社

乱丁・落丁本は、ご面倒ですが小社読者係宛お送り下さい。送料小社負担にてお取替えいたします。
価格はカバーに表示してあります。

ISBN978-4-10-450730-6 C0093

しゃばけ 新装版　畠中 恵

大好評「しゃばけ」シリーズ第1弾にして、日本ファンタジーノベル大賞優秀賞受賞作が新装版で登場！　オール描き下ろしイラストでお届けするファン待望の一冊。

うそうそ　畠中 恵

若だんな、旅に出る！　誘拐事件に天狗の襲撃、謎の少女の出現と、箱根でのんびり湯治の予定が思いもよらぬ珍道中に……。「しゃばけ」シリーズ第五弾は久々の長編小説。

ちんぷんかん　畠中 恵

若だんなの三途の川縁冒険譚、若き日のおっかさんの恋物語、兄・松之助の縁談にあのキャラが再登場と、本作も面白さ盛りだくさん。ご存じ「しゃばけ」シリーズ第六弾！

いっちばん　畠中 恵

お馴染みの妖がオールキャストで活躍する表題作ほか、厚化粧のお雛ちゃんの素顔が明らかになる「ひなのちよがみ」など五編を収録——大人気「しゃばけ」シリーズ第七弾！

ころころろ　畠中 恵

若だんなの目から光が奪われた！　取り戻さないといけないってときに、佐助が妻と暮らし始めたって？　どうなる若だんな？　絶好調「しゃばけ」シリーズ第八弾！

ゆんでめて　畠中 恵

屏風のぞきが行方不明！　左《ゆんで》・右《めて》に分かれたあの道で、右を選んだ若だんな。それが全ての始まりだって？　泣かないで、若だんな！　大爆走「しゃばけ」シリーズ第九弾。

やなりいなり　畠中　恵

だいじょうぶ、若だんな？　禍《わざわい》をもたらす怖い神様や鳴家《やなり》よりも小さなお客ほか、いつも大忙しの長崎屋に、史上最高の千客万来！　超人気「しゃばけ」シリーズ第十弾！

ひなこまち　畠中　恵

謎の木札を手にして以来、「助けてください」と相談事が続々と持ち込まれることに。このままじゃ、若だんなが、ほんとに倒れちゃう！「しゃばけ」シリーズ第十一弾。

たぶんねこ　畠中　恵

病弱若だんなが兄やに五つの約束事をさせられた⁉　超不器用な女の子が花嫁修業に来るし、幽霊は猫に化けるし、てんやわんやの第十二弾の鍵を握るのは、神の庭！

すえずえ　畠中　恵

若だんながついに嫁取り⁉　めでたいけど、妖たちとお別れなの？　いつまでもこの日々が続くと思っていたのにな――新展開にドキドキのシリーズ第13弾！

なりたい　畠中　恵

消えた死体を探せ？　猫又の長を決めろ？　おまけに来世でなりたいものを今、考えろって……。若だんなと長崎屋は今日も事件でてんこまい。シリーズ第十四弾！

おおあたり　畠中　恵

餡子作りが大の苦手な病弱若だんなの親友・栄吉の婚約がピンチに⁉　若だんなは彼を救えるの〜？　累計710万部突破の大人気「しゃばけ」シリーズ第15弾‼

とるとだす　畠中恵

長崎屋の主が死んだってぇ？　それって、若だんながもう跡を継がなきゃならないってこと？　だ、大丈夫かな……？　緊急事態続出の「しゃばけ」シリーズ第16弾！

むすびつき　畠中恵

自称「若だんなの生まれ変わり」という死神が、三人も長崎屋に乗り込んできちゃった！　療養中の一太郎の身に一体何が⁉　大人気「しゃばけ」シリーズ第17弾。

てんげんつう　畠中恵

若だんなと妖たちが、不幸のどん底に⁉　おまけに許嫁の於りんの実家が夜逃げ？　しかも仁吉も剣呑なことに巻き込まれて――大人気「しゃばけ」シリーズ第18弾。

いちねんかん　畠中恵

長崎屋の主夫妻が旅に出かけ、店を託された若だんなは大張り切り。だけど、江戸に疫病が大流行し、疫病神と疫鬼が押しかけてきちゃった！　若だんなは乗り切れるのか⁉

もういちど　畠中恵

酔っ払った龍神たちが、隅田川の水をかき回して、長崎屋の舟をひっくり返したってぇ！　しかも、若だんなの御身に事件が⁉　「しゃばけ」シリーズ祝20周年‼

こいごころ　畠中恵

また会いたい、それだけを願っていた。永遠の命を持つはずの妖にとっての最期とは――。感涙必至の初恋に胸キュンが止まらない「しゃばけ」シリーズ最新刊！